W0344154

Gäbe es nicht die Straße in die Stadt! Wie langweilig wäre das Leben in dem kleinen, schmutzigen Nest! Die sechzehnjährige Delia entwischt fast täglich der unentwegt ihre Kinder verwünschenden Mutter und dem allzeit abgespannten und zornigen Vater und macht sich auf den langen Weg in die Stadt. Dort sitzt sie auf der Parkbank und betrachtet die Kleider der Frauen oder spaziert mit einer Freundin unter den Arkaden.

Azalea, die ältere Schwester, hat es geschafft: Sie hat einen Mann, zwei Kinder, ein Kindermädchen, einen Pelzmantel und einen Liebhaber. Ihre Tage vertrödelt sie im Bett.

Delia beneidet die Schwester.

Bereits in ihrem ersten Roman findet Natalia Ginzburg zu ihrem trockenen, unverkennbaren Stil: scheinbar unbeteiligt erzählt Delia ihre Geschichte.

Wird sie einen Weg finden in die ersehnte Stadt und ins bürgerliche Leben? Und mit welchen Kompromissen wird er gepflastert sein?

»*Die Straße in die Stadt* ist eines der schönsten Bücher Natalia Ginzburgs, es verliert nie an Frische.« Cesare Garboli

Natalia Ginzburg

Die Straße in die Stadt

Roman

Aus dem Italienischen
von Maja Pflug

Verlag Klaus Wagenbach Berlin

Die Arbeit der Narren wird ihnen sauer,
denn sie kennen nicht die Straße in die Stadt.

Der Nini wohnte von klein auf bei uns. Er war der Sohn eines Cousins meines Vaters. Er hatte keine Eltern mehr und hätte beim Großvater leben sollen, aber der Großvater schlug ihn mit dem Besen, und dann rannte Nini weg und kam zu uns. Bis der Großvater starb, danach sagten sie zu ihm, daß er ganz bei uns bleiben könne.

Ohne den Nini waren wir fünf Geschwister. Vor mir kam meine Schwester Azalea, die verheiratet war und in der Stadt wohnte. Nach mir kam mein Bruder Giovanni, dann gab es noch Gabriele und Vittorio. Es heißt, ein Haus mit vielen Kindern sei lustig, aber ich fand es gar nicht lustig bei uns zu Haus. Ich hoffte, ich würde bald heiraten und weggehen, wie Azalea es gemacht hatte. Azalea hatte mit siebzehn geheiratet. Ich war sechzehn, aber noch hatte niemand um meine Hand angehalten. Auch Giovanni und Nini wollten weggehen. Nur die Kleinen waren noch zufrieden.

Unser Haus war ein rotes Haus mit einer Pergola davor. Wir hängten unsere Kleider über das Treppengeländer, weil wir viele waren und es nicht genug Schränke gab. »Sch, sch«, machte meine Mutter, um die Hühner aus der Küche zu verjagen, »sch, sch...« Das Grammophon lief den ganzen Tag, und da wir nur eine einzige Schallplatte besaßen, war das Lied immer dasselbe, und es ging so:

Samtweiche Händeee
Duftende Händeee
Ihr macht mich trunkeen
Trunken vor Glüück

Dieses Lied, dessen Worte eine so seltsame Betonung hatten, gefiel uns allen sehr, und wir sangen es ständig, beim Aufstehen und beim Schlafengehen. Giovanni und der Nini schliefen in dem Zimmer neben meinem, und morgens weckten sie mich, indem sie dreimal an die Wand klopften, ich zog mich rasch an, und wir liefen in die Stadt. Der Weg dauerte über eine Stunde. In der Stadt angekommen, trennten wir uns wie drei, die sich nicht kannten. Ich traf eine Freundin und ging mit ihr unter den Bogengängen spazieren. Manchmal begegnete ich Azalea, mit roter Nase unter dem kleinen Schleier, die mich nicht grüßte, weil ich keinen Hut aufhatte.

Mittags aß ich mit meiner Freundin Brot und Orangen am Flußufer, oder ich ging zu Azalea. Ich fand sie fast immer im Bett, wo sie Romane las oder rauchte oder am Telefon mit ihrem Geliebten stritt, weil sie eifersüchtig war, ohne im geringsten darauf zu achten, daß die Kinder da waren und sie hörten. Dann kam ihr Mann nach Hause, und auch mit ihm stritt sie. Ihr Mann war schon ziemlich alt, mit Bart und Brille. Er hörte ihr kaum zu und las Zeitung, wobei er seufzte und sich am Kopf kratzte. »Gott steh mir bei«, murmelte er ab und zu halblaut. Ottavia, das vierzehnjährige Dienstmädchen, mit einem dicken, struppigen schwarzen Zopf, das kleine Kind auf dem Arm, sagte an der Tür: »Gnädige Frau, es ist angerichtet.« Azalea zog ihre Strümpfe an, gähnte, betrachtete lange ihre Beine, und dann gingen wir zu Tisch. Wenn das Telefon läutete, errötete Azalea, zerdrückte ihre Serviette, und Ottavias Stimme sagte im Nebenzimmer:

»Die gnädige Frau ist beschäftigt, sie ruft später zurück.« Nach dem Essen ging ihr Mann wieder fort, und Azalea legte sich wieder ins Bett und schlief sofort ein. Ihr Gesicht wurde dann liebevoll und ruhig. Das Telefon klingelte währenddessen, die Türen schlugen, die Kinder schrien, aber Azalea schlief tief atmend weiter. Ottavia räumte den Tisch ab und fragte mich ganz erschrocken, was passieren könnte, wenn der ›gnädige Herr‹ etwas erführe. Doch dann sagte sie halblaut mit bitterem Lächeln zu mir, der ›gnädige Herr‹ habe übrigens selber auch jemanden. Ich ging. Auf einer Bank im Park wartete ich auf den Abend. Das Orchester des Cafés spielte, und ich betrachtete mit meiner Freundin die Kleider der Frauen, die vorüberkamen, und ich sah auch den Nini und Giovanni vorbeigehen, aber wir redeten nicht miteinander. Ich traf sie draußen vor der Stadt auf der staubigen Straße wieder, während in den Häusern hinter uns die Lichter aufflammten und das Orchester des Cafés fröhlicher und lauter spielte. Wir gingen quer über Land, am Fluß und den Bäumen entlang. Man kam nach Hause. Ich haßte unser Haus. Ich haßte die bittere grüne Gemüsesuppe, die meine Mutter uns jeden Abend vorsetzte, und ich haßte meine Mutter. Ich hätte mich geschämt, wenn ich ihr in der Stadt begegnet wäre. Aber sie kam seit vielen Jahren nicht mehr in die Stadt und wirkte wie eine Bäuerin. Sie hatte graue, zerraufte Haare, und vorne fehlten ihr einige Zähne. »Du siehst aus wie eine Hexe, Mama«, sagte Azalea zu ihr, wenn sie nach Hause kam. »Warum läßt du dir kein Gebiß machen?« Dann legte sie sich auf das rote Sofa im Eßzimmer und sagte: »Kaffee.« Schnell trank sie den Kaffee, den meine Mutter ihr brachte, döste ein wenig und ging wieder. Meine Mutter sagte, Kinder seien wie Gift, und nie sollte man welche in die Welt setzen. Sie verbrachte die Tage damit, ihre Kinder eins nach dem anderen zu verfluchen.

Als meine Mutter jung war, hatte sich ein Gerichtsschreiber in sie verliebt und sie nach Mailand mitgenommen. Meine Mutter war ein paar Tage dortgeblieben, dann aber zurückgekehrt. Immer wieder erzählte sie diese Geschichte, sagte aber, sie sei allein abgereist, weil sie der Kinder müde gewesen sei, und den Gerichtsschreiber hätten sie im Dorf erfunden. »Wäre ich bloß nie zurückgekommen«, sagte meine Mutter, während sie sich überall auf dem Gesicht mit den Fingern die Tränen trocknete. Meine Mutter tat nichts als reden, aber ich antwortete ihr nicht. Niemand antwortete ihr. Nur der Nini antwortete ihr manchmal. Er war anders als wir, obwohl wir zusammen aufgewachsen waren. Obwohl wir Cousins waren, sah er uns nicht ähnlich. Sein Gesicht war so blaß, daß es nicht einmal in der Sonne braun wurde, mit einem Haarschopf, der ihm über die Augen fiel. Er trug immer Zeitungen und Bücher in der Tasche und las ständig, er las auch beim Essen, und Giovanni klappte ihm das Buch zu, um ihn zu ärgern. Er schlug es wieder auf und las ruhig weiter, indem er sich mit den Fingern durch den Haarschopf fuhr. Das Grammophon wiederholte unterdessen:

Samtweiche Händeee
Duftende Händeee

Die Kleinen spielten und prügelten sich, und meine Mutter kam und ohrfeigte sie, und danach legte sie sich mit mir an, weil ich auf dem Sofa saß, anstatt ihr beim Spülen zu helfen. Mein Vater sagte dann zu ihr, daß man mich besser hätte erziehen müssen. Meine Mutter fing an zu schluchzen und sagte, sie wäre für alle der Hund, und mein Vater nahm seinen Hut vom Kleiderständer und verließ das Haus. Mein Vater war Elektriker und Photograph und hatte gewollt, daß auch Giovanni Elektriker lernte. Aber Giovanni ging nie hin, wenn ihn jemand brauchte. Das Geld reichte nie, und mein Vater war immer müde und wütend. Er kam kurz heim und ging gleich wieder weg, weil das Haus ein Irrenhaus war, sagte er. Aber er sagte, es sei nicht unsere Schuld, daß wir so schlecht großgeworden waren. Schuld seien er und meine Mutter. Wenn man ihn so sah, wirkte mein Vater noch jung, und meine Mutter war eifersüchtig. Er wusch sich gründlich, bevor er sich anzog, und strich sich Brillantine ins Haar. Seinetwegen schämte ich mich nicht, wenn ich ihn in der Stadt traf. Auch der Nini fing an, sich mit Genuß zu waschen, und klaute meinem Vater die Brillantine. Aber es nützte nichts, der Haarschopf tanzte ihm trotzdem über den Augen.

Einmal sagte Giovanni zu mir:

»Der Nini trinkt Grappa.«

Ich sah ihn erstaunt an.

»Grappa? Wirklich immer?«

»Sooft er kann«, erwiderte mein Bruder, »sooft er kann. Er hat auch eine Flasche mit heimgebracht. Die hält er versteckt. Aber ich habe sie gefunden, und er hat mich probieren lassen. Schmeckt gut«, sagte er zu mir.

»Der Nini trinkt Grappa«, wiederholte ich innerlich voll Staunen. Ich ging zu Azalea. Sie war allein zu Haus. Saß am Küchentisch und aß einen Tomatensalat, mit Essig angemacht.

»Der Nini trinkt Grappa«, sagte ich zu ihr.

Gleichgültig zuckte sie die Achseln.

»Irgendwas muß man ja tun, um sich nicht zu langweilen«, sagte sie.

»Ja, man langweilt sich. Warum langweilt man sich so?« fragte ich.

»Weil das Leben blöd ist«, sagte sie, während sie den Teller wegschob. »Was willst du machen? Man hat eben sofort alles satt.«

»Warum langweilt man sich bloß immer so?« fragte ich den Nini abends auf dem Heimweg.

»Wer langweilt sich denn? Ich langweile mich überhaupt nicht«, sagte er lachend und nahm meinen Arm. »Du langweilst dich also? Und warum? Alles ist so schön.«

»Was ist schön?« fragte ich ihn.

»Alles«, sagte er, »alles. Alles, was ich sehe, gefällt mir. Vorhin gefiel es mir, durch die Stadt zu bummeln, jetzt gehe ich über Land, und das gefällt mir auch.«

Giovanni ging einige Schritte vor uns. Er blieb stehen und sagte:

»Er arbeitet jetzt in der Fabrik.«

»Ich lerne als Dreher«, sagte Nini, »so werde ich Geld verdienen. Ohne Geld kann ich nicht leben. Ich leide darunter. Es genügt mir, fünf Lire in der Tasche zu haben, und schon fühle ich mich fröhlicher. Aber wenn einer Geld will, muß er stehlen oder es sich verdienen. Das haben sie uns zu Hause nie richtig erklärt. Sie beklagen sich immer über uns, aber nur so, zum Zeitvertreib. Niemand hat je zu uns gesagt: Geh und schweig. Das wäre nötig gewesen.«

»Wenn sie zu mir gesagt hätten: Geh und schweig, hätte ich sie mit Fußtritten zur Tür hinausgeworfen«, sagte Giovanni.

Auf der Straße begegneten wir dem Sohn des Doktors, der mit seinem Hund von der Jagd zurückkehrte. Er hatte sieben oder acht Wachteln erlegt und wollte mir zwei davon schenken. Er war ein untersetzter junger Mann mit großem schwarzen Schnauzbart und studierte Medizin an der Universität. Er und Nini fingen an zu diskutieren, und Giovanni sagte später zu mir:

»Den Sohn des Doktors steckt der Nini mühelos in die Tasche. Der Nini ist nicht irgendeiner, auch wenn er nicht studiert hat.«

Aber ich war hoch erfreut, daß Giulio mir die Wachteln geschenkt und mich angesehen und gesagt hatte, eines Tages müßten wir zusammen in die Stadt gehen.

Jetzt war der Sommer gekommen, und ich begann, über alle meine Kleider nachzudenken, um mir neue zu machen. Ich sagte zu meiner Mutter, daß ich hellblauen Stoff bräuchte, und meine Mutter fragte mich, ob ich glaubte, sie besitze einen Goldesel, aber daraufhin erwiderte ich, daß ich auch ein Paar Schuhe mit Korksohlen bräuchte und nicht ohne sie auskommen könnte, und sagte zu ihr: »Verflucht sei die Mutter, die dich geboren hat.« Ich bekam eine Ohrfeige und weinte einen ganzen Tag lang, eingeschlossen in meinem Zimmer. Um das Geld bat ich Azalea, die mich dafür in die Via Genova Nummer zwanzig schickte, um zu fragen, ob Alberto zu Hause sei. Als ich erfahren hatte, daß er nicht zu Hause war, kehrte ich zurück, um ihr die Antwort zu überbringen, und erhielt das Geld. Einige Tage blieb ich in meinem Zimmer, um das Kleid zu nähen, und erinnerte mich fast gar nicht mehr, wie die Stadt aussah. Als das Kleid fertig war, zog ich es an und ging spazieren, und der Sohn des Doktors gesellte sich sofort zu mir, kaufte Gebäck, und wir gingen zusammen in die Pineta, um es zu essen. Er fragte mich, was ich die ganze Zeit eingeschlossen zu Hause gemacht hätte. Aber ich antwortete ihm, ich könne es nicht leiden, daß sich die Leute in meine Angelegenheiten einmischten. Daraufhin bat er mich, nicht so böse zu sein. Dann wollte er mich küssen, und ich lief davon.

Den ganzen Vormittag lag ich zu Hause auf dem Balkon, damit die Sonne mir die Beine bräunte. Ich hatte die Schuhe mit Korkabsatz und das Kleid und auch eine geflochtene Strohtasche, die Azalea mir geschenkt hatte, damit ich einen Brief in die Via Genova Nummer zwanzig bringe. Und mein Gesicht, meine Beine und Arme hatten eine schöne braune Färbung angenommen. Jemand kam und erzählte meiner Mutter, daß Giulio, der Sohn des Doktors, in mich verliebt sei und seine Mutter ihm deshalb lange Szenen mache. Meine Mutter wurde schlagartig ganz fröhlich und freundlich und brachte mir jeden Morgen ein verquirltes Eigelb, weil sie sagte, ich komme ihr ein bißchen sonderbar vor. Die Frau des Doktors stand mit dem Dienstmädchen am Fenster, und wenn sie mich vorbeigehen sah, schlug sie es zu, als hätte sie eine Schlange gesehen. Giulio verzog das Gesicht zu einem halben Lächeln und ging weiter neben mir her und redete. Ich hörte nicht auf das, was er sagte, sondern dachte, daß dieser dicke junge Mann mit schwarzem Schnauzbart und hohen Stiefeln, der mit einem Pfiff seinen Hund rief, bald mein Verlobter sein würde und viele Mädchen aus dem Dorf vor Wut darüber heulen würden.

Giovanni kam zu mir und sagte: »Azalea will dich sehen.« Schon sehr lange war ich nicht mehr in der Stadt gewesen. In meinem hellblauen Kleid, mit den Schuhen, der Tasche und Sonnenbrille ging ich hin. Bei Azalea in der Wohnung war alles in Unordnung, die Betten waren noch nicht gemacht, und Ottavia, an deren Rock sich die Kinder klammerten, lehnte an der Wand und schluchzte.

»Er hat sie verlassen«, sagte sie zu mir, »er heiratet.«

Azalea saß im Unterrock auf dem Bett, mit weitgeöffneten, glänzenden Augen. Sie hatte ein Bündel Briefe im Schoß.

»Er heiratet im September«, sagte sie zu mir.

»Jetzt muß alles versteckt werden, bevor der gnädige Herr heimkommt«, sagte Ottavia, indem sie die Briefe einsammelte.

»Nein, verbrennen muß man sie«, sagte Azalea, »verbrennt sie. Daß ich sie nie mehr sehe. Daß ich nie mehr dieses Gesicht sehe. Dieses dumme, böse Gesicht«, sagte sie und zerriß das Bild eines Offiziers, der lächelte. Dann fing sie an zu weinen und zu schreien und schlug mit dem Kopf gegen das Bettgestell.

»Jetzt kriegt sie Krämpfe«, sagte Ottavia, »das passierte meiner Mutter auch manchmal. Man muß ihr den Bauch mit kaltem Wasser befeuchten.«

Azalea erlaubte nicht, daß wir ihren Bauch befeuchteten, und sagte, sie wolle allein bleiben, und wir sollten ihren Mann holen gehen, denn sie müsse ihm alles gestehen. Es war schwierig, Azalea zu überreden, niemanden zu holen. Die Briefe verbrannten wir auf dem Herd in der Küche, während Ottavia mir Stücke daraus vorlas, bevor sie sie ins Feuer warf, und die Kinder ließen das verkohlte Papier im ganzen Raum herumwirbeln. Als Azaleas Mann zurückkam, sagte ich ihm, Azalea sei krank und habe Fieber, und er ging dann einen Arzt holen.

Als ich nach Hause zurückkehrte, war es Nacht, und mein Vater fragte mich, wo ich gewesen sei. Ich antwortete, Azalea habe mich zu sich gerufen, und Giovanni sagte, daß es wahr sei. Mein Vater sagte, es könne auch wahr sein, aber er wisse es nicht, man habe ihm hinterbracht, daß ich mit dem Sohn des Doktors durch die Gegend liefe, und wenn das wahr sei, werde er mich windelweich schlagen. Ich antwortete, das sei mir egal, ich machte sowieso, was mir paßte, doch dann wurde ich wütend und schüttete die Suppe auf den Fußboden. Ich schloß mich in mein Zimmer ein und weinte zwei oder drei Stunden lang, bis Giovanni mir durch die Wand zuschrie, ich solle still sein und sie schlafen lassen, sie seien nämlich müde. Aber ich weinte immer weiter, und Nini kam an die Tür und sagte, wenn ich ihm öffnen würde, gäbe er mir Pralinen. Daraufhin öffnete ich, und Nini führte mich vor den Spiegel, damit ich sehen konnte, wie verheult mein Gesicht war, und er gab mir wirklich Pralinen und sagte, die habe ihm seine Verlobte geschenkt. Ich fragte, wie diese Verlobte sei und warum er sie mir nicht zeige, und er sagte, sie habe Flügel und einen Schwanz und eine Nelke im Haar. Ich sagte zu ihm, ich hätte auch einen Verlobten, und das sei der Sohn des Doktors, und er antwortete: »Ausgezeichnet«, doch dann machte er ein seltsames Gesicht und stand auf, um zu gehen. Da fragte ich ihn, wo er den Grappa versteckt hätte. Er wurde rot und lachte und sagte, das seien Dinge, die eine Signorina nichts angingen.

Am nächsten Abend kam Nini nicht nach Hause. Auch an den folgenden Tagen kam er nicht, und man sah Ninis Gesicht so lange nicht mehr, daß es sogar meinem Vater auffiel, der doch immer zerstreut war, und er fragte, wo der Nini abgeblieben sei. Giovanni sagte, daß es ihm gutgehe, er aber vorerst nicht nach Hause käme. Mein Vater sagte:

»Solange es ihnen gefällt, kommen sie, dann finden sie was Besseres und guten Tag. Alle gleich, die Kinder, die eigenen und die anderen.«

Aber später erzählte mir Giovanni, daß der Nini jetzt bei seiner Hübschen wohne, die Witwe sei, aber jung, und Antonietta heiße.

Daraufhin ging ich extra in die Stadt, um den Nini zu suchen und zu erfahren, ob es wirklich stimmte. Ich fand ihn mit Giovanni im Café beim Eisessen. Ich setzte mich zu ihnen und bekam auch ein Eis gebracht, und wir blieben eine ganze Weile dort sitzen und hörten der Musik zu, und Nini bezahlte für alle wie ein großer Herr. Ich fragte ihn, ob es stimme, das mit der Witwe. Er sagte, ja, es stimme, und warum ich ihn nicht einmal besuchen käme in seiner kleinen Wohnung, wo er mit Antonietta und ihren beiden Kindern lebte, einem Jungen und einem Mädchen. Und er sagte noch, daß Antonietta einen Laden für Schreibwaren und Füllfederhalter habe und recht wohlhabend sei.

»Also läßt du dich jetzt aushalten«, sagte ich zu ihm.

»Aushalten? Wieso? Ich verdiene.« Und er sagte mir, er bekomme einen ziemlich guten Lohn als Arbeiter in der Fabrik und rechne damit, bald auch ein bißchen Geld nach Hause zu schicken.

Ich erzählte Giulio von Nini, während wir in der Pineta rauchten, und sagte, daß ich ihn eines Tages besuchen würde.

»Du darfst nicht hingehen«, sagte Giulio zu mir.

»Warum?«

»Gewisse Dinge verstehst du nicht, dafür bist du noch zu jung.«

Ich antwortete, von wegen, zu jung, ich sei kein Kind mehr, sondern siebzehn Jahre alt, und mit siebzehn habe meine Schwester Azalea geheiratet. Doch er wiederholte, ich könne das nicht verstehen, und ein junges Mädchen dürfe nicht zu Leuten nach Hause gehen, die zusammenlebten, ohne zu heiraten. Schlecht gelaunt kam ich an jenem Abend heim, und während ich mich auszog, um zu Bett zu gehen, dachte ich, daß Giulio mich in die Pineta führte und sich damit amüsierte, mich zu küssen, und unterdessen die Zeit verging, ohne daß er bisher um meine Hand angehalten hätte. Dabei konnte ich es kaum erwarten zu heiraten. Aber ich dachte, daß ich nach der Hochzeit frei sein und die Welt genießen wollte, und mit Giulio wäre ich vielleicht kein bißchen frei gewesen. Vielleicht würde er es mit mir machen wie sein Vater, der seine Frau zu Hause einsperrte, weil er meinte, der Platz der Frau sei in den häuslichen vier Wänden, und sie war zu einer krätzigen Alten geworden, die den ganzen Tag am Fenster stand und den Leuten nachsah.

Ich wußte nicht, warum, aber es schien mir so schrecklich, den Nini nicht mehr im Haus zu sehen, mit seinem Haarschopf über den Augen und seinem alten, zerschlissenen Regenmantel und seinen Büchern, und ihn nicht mehr predigen zu hören, ich solle meiner Mutter helfen. Einmal ging ich ihn besuchen, um Giulio zu ärgern. Es war Sonntag, und sie kochten Tee für mich, servierten ihn mit Gebäck auf einer schönen, gestickten Tischdecke, und Antonietta, die Witwe, begrüßte mich freudig und küßte mich auf beide Wangen. Sie war eine gutgekleidete, angemalte kleine Frau mit feinen blonden Haaren, schmächtigen Schultern und fetter Taille. Die Kinder waren auch da und machten Hausaufgaben. Nini saß neben dem Radio und hielt nicht immer ein Buch in der Hand wie zu Hause. Sie zeigten mir die ganze Wohnung, das Bad, das Schlafzimmer, und überall standen Blumentöpfe mit Sukkulenten herum. Es war viel sauberer und glänzender als bei Azalea. Wir unterhielten uns über dies und das, und sie luden mich ein, bald wiederzukommen.

Auf dem Rückweg begleitete Nini mich ein Stück. Ich fragte ihn, warum er nicht mehr heimkomme, und sagte ihm, daß ich mich ohne ihn zu Hause noch mehr langweilte. Und mir kamen die Tränen. Er setzte sich mit mir auf eine Bank und hielt mich ein wenig fest, dabei streichelte er meine Hände und sagte, ich solle aufhören zu weinen, denn sonst würde meine Wimperntusche verschmieren. Ich sagte ihm, daß ich keine Wimperntusche benutzte, ich sei nicht wie Antonietta, die wie ein Clown aussah, so geschminkt, wie sie war, und er täte besser daran, wieder nach Hause zu kommen. Er sagte, daß ich mir lieber eine Arbeit suchen und in die Stadt ziehen solle, dann würden wir abends ins Kino gehen, aber ich müsse wirklich endlich etwas tun, um Geld zu verdienen und unabhängig zu werden. Ich sagte ihm, ich dächte gar nicht daran, und er solle es sich aus dem Kopf schlagen, außerdem würde ich bald Giulio heiraten, und dann würden wir in die Stadt ziehen, weil Giulio das Dorf auch wenig gefiel. So trennten wir uns.

Ich erzählte Giulio, daß ich bei Nini gewesen war, aber er regte sich nicht darüber auf. Er sagte nur, er bedaure es, daß ich Dinge täte, die ihm mißfielen. Ich erzählte von Antonietta und der Wohnung, und er fragte mich, ob ich auch gern so eine Wohnung hätte. Und dann sagte er, wenn er das Staatsexamen abgelegt hätte, würden wir heiraten, aber vorher sei es nicht möglich, und so lange dürfe ich nicht unartig sein.

»Ich bin nicht unartig«, erwiderte ich.

Er sagte, ich solle morgen mit ihm nach Fonte Le Macchie gehen. Um nach Fonte Le Macchie zu gelangen, mußte man ein Stück bergauf gehen, und ich ging nicht gern bergauf, und außerdem hatte ich Angst vor Vipern.

»Dort in der Gegend gibt es keine Vipern«, sagte er zu mir, »und wir werden Brombeeren pflücken und uns ausruhen, sooft du willst.«

Eine Weile tat ich so, als verstünde ich nicht, und sagte zu ihm, Giovanni würde auch mitkommen, aber er sagte, Giovanni wolle er nicht dabeihaben, und wir beide müßten allein sein.

Bis Fonte Le Macchie kamen wir nicht, weil ich auf halber Strecke stehenblieb, mich auf einen Stein setzte und sagte, ich würde nicht weitergehen. Um mich zu erschrecken, fing Giulio an zu schreien, er sehe eine Viper, ja, ja, er habe sie gesehen, sie sei gelb und bewege den Schwanz hin und her. Ich sagte, er solle mich in Ruhe lassen, ich sei todmüde und hungrig. Er holte den Proviant aus der Tasche. Er hatte auch Wein in der Feldflasche dabei und gab mir davon zu trinken, bis ich mich benommen ins Gras fallen ließ und das geschah, was ich erwartet hatte.

Als wir uns bergab auf den Rückweg machten, war es spät, aber ich fühlte mich so müde, daß ich fast nach jedem Schritt stehenbleiben mußte, bis Giulio mir am Ende der Pineta sagte, er müsse vorauslaufen, sonst käme er zu spät heim und seine Mutter erschreckte sich. So ließ er mich allein, und ich stolperte beim Gehen über alle Steine, und es wurde dunkel, und meine Knie schmerzten.

Am nächsten Tag kam Azalea nach Hause. Ich begleitete sie ein Stück und sagte ihr, was vorgefallen war. Anfangs glaubte sie mir nicht und dachte, ich täte nur so, um anzugeben, doch plötzlich blieb sie stehen und sagte:

»Ist es wahr?«

»Es ist wahr, es ist wahr, Azalea«, sagte ich zu ihr, und daraufhin ließ sie sich alles noch einmal von vorn erzählen. Sie war so erschrocken und wütend, daß sie sich die Gürtelschnalle abriß. Sie wollte ihren Mann unterrichten, damit er es meinem Vater sagte. Ich sagte, sie solle sich hüten, und übrigens wisse ich auch schöne Sachen über sie. Wir stritten, und am nächsten Tag ging ich eigens in die Stadt, um Frieden zu schließen, aber mittlerweile hatte sie sich beruhigt, und als ich ankam, probierte sie gerade ein neues Ballkleid, weil sie eine Einladung erhalten hatte. Sie sagte, ich solle ruhig machen, was zum Teufel ich wolle, wenn nur dann niemand käme, um sie zu belästigen, und übrigens gefiele ihr der Sohn des Doktors überhaupt nicht, er komme ihr sehr grob vor. Als ich wegging, sah ich Giovanni mit Nini und Antonietta, und wir badeten alle zusammen im Fluß, nur Antonietta, die nicht schwimmen konnte, blieb im Boot sitzen. Ich hängte mich an das Boot und tat so, als wollte ich es umkippen, um sie zu erschrecken, aber dann wurde mir kalt, und ich kletterte wieder hinein und begann zu rudern. Antonietta erzählte mir von ihrem Mann und seiner Krankheit, von den Schulden, die er hinterlassen hatte, und den Rechtsanwälten und den Prozessen. Ich langweilte mich und fand sie komisch, wie sie in dem Boot saß, als sei sie zu Besuch, mit aneinandergepreßten Knien und Handtasche und Hut.

An jenem Abend kam Giovanni in mein Zimmer, um mir zu sagen, daß er sich in Antonietta verliebt habe und nicht wisse, ob er es dem Nini sagen solle, und auch nicht wisse, wie er es machen solle, damit es vorbeigehe, und dabei wanderte er auf und ab, die Hände in den Taschen. Aber ich behandelte ihn schlecht und sagte zu ihm, ich hätte diese ganzen Liebesgeschichten satt, und Azalea und Nini und auch ihn, und sie sollten mich in Ruhe lassen. »Verflucht sei die Mutter, die dich geboren hat«, sagte er zu mir, ging und knallte die Tür hinter sich zu.

Giulio sagte zu mir, zum Baden am Fluß müsse ich mit ihm gehen, und auch in die Stadt müsse ich mit ihm gehen, damit wir uns beide zusammen amüsierten. Und ich ging, und wir schwammen im Fluß und aßen Eis, und dann brachte er mich in ein Zimmer in einem bestimmten Hotel, das er kannte. Das Hotel hieß Le Lune: Es lag am Ende einer alten Straße, und mit seinen geschlossenen Fensterläden und seinem verlassenen Vorgärtchen wirkte es auf den ersten Blick wie eine unbewohnte Villa. Aber in den Zimmern gab es eine Waschschüssel und einen Spiegel und Teppiche auf dem Boden. Ich erzählte Azalea, daß wir ins Hotel gegangen waren, und sie sagte, früher oder später werde mir noch was Schönes passieren. Doch Azalea sah ich jetzt selten, denn sie hatte einen anderen Geliebten gefunden, der ein mittelloser Student war, und sie hatte alle Hände voll damit zu tun, ihm Handschuhe und Schuhe zu kaufen und ihm zu essen zu bringen.

Eines Abends trat mein Vater in mein Zimmer, warf seinen Regenmantel aufs Bett und sagte zu mir:

»Ich hatte gesagt, daß ich dir den Schädel einschlage.«

Er packte mich an den Haaren und fing an, mich zu ohrfeigen, während ich schrie: »Hilfe, Hilfe!« Bis atemlos meine Mutter herbeikam, die Schürze voller Kartoffeln, und fragte:

»Aber was ist denn passiert, was machst du mit ihr, Attilio?«

Mein Vater sagte zu ihr:

»Das mußten wir erleben, wir Unglücklichen«, und er setzte sich hin, war ganz blaß und strich sich mit den Händen über den Kopf. Ich hatte eine blutende Lippe und rote Striemen am Hals, mir war schwindlig, und ich konnte mich kaum aufrecht halten, und meine Mutter wollte mir helfen, das Blut zu stillen, aber mein Vater nahm sie am Arm und schob sie hinaus. Er ging ebenfalls, und sie ließen mich allein. Der Regenmantel meines Vaters war auf dem Bett liegengeblieben, und ich nahm ihn und warf ihn auf die Treppe. Während alle bei Tisch saßen, verließ ich das Haus. Die Nacht war sternenklar. Ich zitterte vor Aufregung und vor Kälte, und meine Lippe blutete immer noch, ich hatte Blut auf dem Kleid und sogar auf den Strümpfen. Ich nahm die Straße zur Stadt. Ich wußte selbst nicht, wohin ich ging. Anfangs sagte ich mir, ich könnte zu Azalea gehen, aber ihr Mann wäre dagewesen, der hätte mir sofort Fragen gestellt und zu predigen angefangen. Also ging ich statt dessen zu Nini. Ich fand sie alle um den Tisch im Eßzimmer versammelt, wo sie Mensch-ärgere-dich-nicht spielten. Sie sahen mich erstaunt an, und die Kinder fingen an zu schreien. Da warf ich mich aufs Sofa und begann zu weinen. Antonietta holte ein Desinfektionsmittel, um meine Lippe abzutupfen, dann ließen sie mich eine Tasse Kamillentee trinken und machten mir ein Bett auf einer Liege im Flur. Nini sagte zu mir:

»Jetzt erklär uns mal, was dir passiert ist, Delia.«

Ich sagte zu ihm, daß sich mein Vater auf mich gestürzt hatte und mich umbringen wollte, weil ich mit Giulio zusammen war, und daß sie mir eine Arbeit suchen und mich in die Stadt holen müßten, weil ich es zu Hause nicht mehr aushalten konnte.

Nini sagte:

»Zieh dich nur aus und leg dich ins Bett, dann komme ich zu dir, und wir überlegen, wie es gehen kann.«

Sie gingen alle hinaus, und ich zog mich aus und schlüpfte ins Bett, in einem zartlila Nachthemd von Antonietta. Nach einer Weile kam Nini, setzte sich zu mir ans Bett und sagte:

»Wenn du willst, suche ich dir eine Stelle in der Fabrik, wo ich arbeite. Am Anfang wird es dir schwierig erscheinen, weil du groß und dick aufgewachsen bist, ohne je einen Finger zu rühren. Aber nach und nach wirst du dich daran gewöhnen. Wenn ich in der Fabrik nichts finde, kannst du als Dienstmädchen anfangen.«

Ich sagte ihm, daß ich keine Lust hätte, als Dienstmädchen zu arbeiten, und lieber in die Fabrik ginge, und ich fragte ihn, warum ich nicht zum Beispiel als Blumenverkäuferin arbeiten, mich mit Körben voll Blumen auf die Kirchenstufen setzen könne. Er sagte:

»Sei still und red keine Dummheiten. Außerdem kannst du nichts verkaufen, weil du nicht rechnen kannst.«

Da sagte ich ihm, daß Giulio mich nach seinem Staatsexamen heiraten würde.

»Schlag dir das aus dem Kopf«, erwiderte er.

Und er teilte mir mit, daß Giulio eine Verlobte in der Stadt hatte, und in der Stadt wußten es alle: Sie war ein dünnes Mädchen, das Auto fuhr. Ich begann wieder zu weinen, und Nini sagte zu mir, ich solle mich hinlegen und schlafen, und brachte mir noch ein Kopfkissen, damit ich es bequem hatte.

Am nächsten Morgen zog ich mich an und ging mit ihm in die kühle, menschenleere Stadt hinaus. Er begleitete mich bis zur Stadtgrenze. Wir setzten uns ans Flußufer und warteten, bis es für ihn Zeit wurde, in die Fabrik zu gehen. Er sagte mir, daß er ab und zu

Lust verspüre, nach Mailand zu gehen, um sich in irgendeiner großen Fabrik Arbeit zu suchen.

»Aber erst mußt du mit Antonietta Schluß machen.«

»Selbstverständlich, du wirst doch nicht meinen, daß ich sie mitschleppe samt Laden und den beiden Gören.«

»Dann hast du sie also nicht lieb«, sagte ich.

»Doch, aber nur so. Wir bleiben zusammen, solange es uns Spaß macht, dann trennen wir uns in Ruhe und Frieden, und guten Tag.«

»Dann gib sie Giovanni, der ist ganz verrückt nach ihr«, sagte ich zu ihm, und er lachte:

»Ach ja, Giovanni? Übrigens ist sie gar nicht so übel, die Antonietta, sie ziert sich ein bißchen, aber schlecht ist sie nicht. Aber ich bin nicht verliebt.«

»In wen bist du dann verliebt?« fragte ich ihn, und plötzlich ging mir durch den Kopf, er sei vielleicht in mich verliebt. Er sah mich lachend an und sagte:

»Muß man denn unbedingt jemanden lieben? Kann man nicht niemanden lieben und sich für was anderes interessieren?«

Ich klapperte mit den Zähnen und war starr vor Kälte in meinem dünnen Kleid.

»Du frierst, mein Schatz«, sagte er zu mir. Er zog seine Jacke aus und legte sie mir um die Schultern.

Ich sagte zu ihm:

»Wie zärtlich du bist.«

»Warum soll ich nicht zärtlich zu dir sein«, sagte er, »du bist so ein armes Mädchen, daß du mir leid tust. Glaubst du, ich wüßte nicht, daß du ganz schön in der Patsche sitzt mit diesem Giulio. Ich ahne es, weil ich dich kenne, und außerdem hat Azalea es mir erzählt.«

»Das ist nicht wahr«, sagte ich zu ihm, doch er erwiderte, ich solle besser schweigen, denn er kenne mich, und außerdem sei er nicht so dumm.

Die Sirenen heulten, und Nini sagte, daß er zur Arbeit müsse. Er wollte, daß ich seine Jacke behalte, aber ich lehnte ab, weil ich Angst hatte, jemandem zu begegnen, und mir komisch vorkam mit dieser Männerjacke auf den Schultern. Wir verabschiedeten uns, und ich sagte zu ihm:

»Oh, Nini, warum kommst du eigentlich nicht wieder nach Haus?«

Daraufhin versprach er, mich am nächsten Tag zu besuchen, der ein Sonntag war. Und dann beugte er sich rasch hinunter und küßte mich auf die Wange. Ich blieb sitzen und sah ihm nach, während er, die beiden Hände in den Taschen, mit seinem ruhigen Schritt davonging. Ich war ganz verwundert, daß er mich geküßt hatte. Das hatte er noch nie getan. Sehr langsam machte ich mich auf den Weg und dachte dabei an viele Dinge, ein bißchen an Nini, der mich geküßt hatte, und ein bißchen an Giulio, der in der Stadt verlobt war und es vor mir geheimgehalten hatte, und ich dachte: ›Wie komisch die Leute sind. Man kapiert nie, was sie tun wollen.‹ Und dann dachte ich, daß ich zu Hause meinen Vater wiedersehen würde und daß er mich vielleicht wieder schlagen würde, und ich fühlte mich traurig.

Doch mein Vater sagte kein einziges Wort zu mir und tat, als sei ich gar nicht da, und die anderen machten es genauso. Nur meine Mutter brachte mir Milchkaffee und fragte mich, wo ich gewesen war. Giulio sah ich nicht im Dorf, und ich wußte nicht, wo er war, ob auf der Jagd oder in der Stadt.

Am nächsten Tag kam Nini ganz aufgeregt und zufrieden und sagte mir, daß er eine Stelle für mich gefunden habe, nicht in der Fabrik, weil sie dort sofort abgelehnt hatten, aber es gebe eine alte Frau, eine leicht verrückte Signora, die jemanden brauchte, der nachmittags mit ihr spazierenging. Ich müßte jeden Tag gleich nach dem Mittagessen in die Stadt kommen und würde abends nach Hause zurückkehren. Anfangs sei der Lohn karg und erlaube mir nicht, allein in der Stadt zu leben, aber später würden sie ihn sicher erhöhen, versprach Nini. Diese Signora war eine Bekannte von Antonietta, und sie hatte mich ihr empfohlen. An jenem Tag war niemand zu Hause, und ich und Nini blieben die ganze Zeit allein. Wir legten uns zum Reden unter die Pergola, und man konnte sich in Frieden unterhalten, als wären wir am Flußufer.

»Aber am Fluß war es schöner«, sagte Nini zu mir, »komm wieder mal morgens an den Fluß, dann baden wir auch. Du weißt nicht, wie schön es ist, früh am Morgen zu baden. Es ist nicht kalt, und man fühlt sich wie neugeboren.«

Doch ich fing wieder an zu fragen, in wen er verliebt sei.

»Laß mich in Ruhe«, sagte er, »laß mich und quäle mich nicht heute, wo ich so froh bin.«

»Sag's mir, Nini«, sagte ich zu ihm, »sag's mir, ich sag es auch niemandem weiter.«

»Was kümmert's dich«, sagte er zu mir. Und statt dessen begann er, mich zu ermahnen, ich solle mich gründlich waschen und ein dunkles Kleid anziehen, wenn ich zu der Alten ginge. Ich erwiderte, ein dunkles Kleid besäße ich nicht, und wenn so viel Aufwand nötig sei, vergehe mir sowieso die Lust hinzugehen. Da wurde er wütend und ließ mich allein, ohne sich von mir zu verabschieden.

Zu der Alten ging ich in meinem üblichen hellblauen Kleid. Sie erwartete mich schon ausgehfertig, mit Hut und gepuderter Schnute. Ich solle mit ihr spazierengehen und sie dabei angenehm unterhalten – so sagte ihre Tochter zu mir –, sie dann wieder nach Hause bringen und ihr aus der Zeitung vorlesen, bis sie schläfrig würde. Ihre Hand auf meinem Arm, trippelte ich los. Die Alte beklagte sich ständig. Sie sagte, ich sei zu groß, und es ermüde sie, sich bei mir einzuhängen. Sie sagte, ich liefe zu schnell. Sie hatte schreckliche Angst, die Straßen zu überqueren, fing an zu wimmern und zu zittern, daß sich alle umdrehten. Einmal begegneten wir Azalea. Sie wußte noch nicht, daß ich arbeitete, und blickte mich verwundert an.

Nach dem Heimkommen trank die Alte eine Tasse Milch, wie es ältere Leute so machen. Ich las ihr unterdessen aus der Zeitung vor. Nach einer Weile begann sie einzunicken, und ich trottete davon. Aber ich war schlecht gelaunt und genoß die Stadt und ihre Geschäfte nicht. Eines Abends kam mir in den Sinn, den Nini vor der Fabrik abzuholen. Er entdeckte mich von weitem, und sein ganzes Gesicht belebte sich. Doch als er neben mir stand mit seinem alten, zu hellen Hut, mit kaputten und zu weiten Schuhen, die er beim Gehen nachzog, und schmutzig und müde aussah, da bereute ich, daß ich ihn abholen gekommen war, und schämte mich seiner. Er bemerkte es und war beleidigt und wurde wütend, weil ich sagte, ich langweilte mich zu Tode mit der Alten.

Doch als wir am Flußufer saßen, heiterte er sich nach und nach auf und erzählte mir, daß er in Antoniettas Schublade eine Photographie von Giovanni mit Widmung hintendrauf gefunden habe.

»Besser so«, sagte er zu mir.

»Besser so? Wieso besser so?«

»Was zum Teufel soll mir das ausmachen?«

»Du bist kalt wie ein Fisch. Ekelhaft.«

»Ich bin ein Fisch, na gut. Und was bist du?« Er sah mich eine Weile an und sagte dann: »Du bist ein armes Mädchen.«

»Warum?«

»Ist es wahr, daß du ins Le Lune mitgegangen bist?«

»Woher weißt du das?« fragte ich.

»Das hat mir mein kleiner Finger gesagt«, antwortete er, »bist du öfter dort gewesen?«

»Das geht dich gar nichts an«, sagte ich.

»Armes Mädchen! Armes Mädchen!« wiederholte er halblaut, wie zu sich selbst.

Ich wurde ärgerlich und hielt ihm mit der Hand den Mund zu. Da umarmte er mich, warf mich hintüber und küßte und küßte mein Gesicht, die Ohren, die Haare.

»Spinnst du, Nini? Was machst du da?« sagte ich, und ein bißchen mußte ich lachen, ein bißchen hatte ich Angst.

Er setzte sich auf, strich sich über die Haare und sagte zu mir:

»Da siehst du, was du bist. Jeder kann sich mit dir vergnügen, solange es ihm gefällt.«

»Und jetzt wolltest du mal wissen, ob ich so bin, wie du behauptest?«

»Nein, denk nicht mehr daran, ich hab's nicht ernst gemeint«, sagte er zu mir.

An jenem Abend wartete Giulio an der Straße auf mich.

»Wo bist du die ganze Zeit gewesen?« fragte ich ihn.

»Im Bett, mit Fieber«, antwortete er und wollte meinen Arm nehmen. Doch ich sagte zu ihm, er solle abhauen und mich in Ruhe lassen, denn ich wüßte längst, daß er eine Verlobte hätte.

»Was für eine Verlobte? Wer soll das denn sein?«

»Eine mit Auto.«

Er begann, laut zu lachen, und schlug sich mit der Hand aufs Knie.

»Die Leute erfinden eine Menge Blödsinn«, sagte er, »und du schluckst es. Sei nicht dumm und komm morgen nach dem Mittagessen in die Pineta.«

Doch ich sagte ihm, daß ich nach dem Mittagessen nicht mehr frei war, und erzählte ihm von der Alten.

»Dann komm am Morgen«, sagte er.

Ich drehte mein Gesicht weg und wollte mich nicht anschauen lassen, weil ich fürchtete, man würde es mir ansehen, daß Nini mich geküßt hatte.

Am nächsten Morgen in der Pineta fragte er mich ununterbrochen, wer mir das mit der Verlobten erzählt habe.

»Ich habe viele Feinde«, sagte er zu mir, »es gibt so viel Neid auf der Welt.

Er quälte mich eine Weile, bis ich ihm sagte, daß es Nini gewesen war.

»Wenn ich den Nini treffe, kriegt er was zu hören«, sagte er zu mir. Dann begann er mich aufzuziehen, weil ich die Alte spazierenführte, und ärgerte mich.

Ich holte Nini wieder an der Fabrik ab. Aber er war böse auf mich, weil die Verwandten der Alten sich bei Antonietta beschwert hatten, daß ich immer zu spät käme.

»Nie kann man sich auf dich verlassen«, sagte er, »mach nur so weiter, da wirst du es noch weit bringen.

Zum Glück haben sie dich nicht genommen in der Fabrik.«

Ich sagte ihm, ich hätte die Alte satt und wolle nicht mehr hingehen.

»Geh wenigstens noch bis zum Monatsende hin, damit sie dir das Gehalt auszahlen. Und gib das Geld deiner Mutter, weil die Kleinen Schuhe brauchen werden.«

»Ich werde es behalten«, sagte ich.

»Sehr gut, so ist's recht. Denk immer ausschließlich an dich. Kauf dir irgendeinen Fetzen zum Anziehen und amüsier dich. Mir ist es sowieso egal.«

Er wollte nicht an den Fluß gehen und machte sich auf den Heimweg. Wir fanden Antonietta, wie sie gerade den Laden schloß. Sie war sehr aufgebracht und sagte zu mir, wenn sie gewußt hätte, wie ich bin, hätte sie mich nicht empfohlen. Wie schlecht sie jetzt meinetwegen dastehe. Zu der Alten käme ich immer zu spät und ginge immer viel früher weg, und wenn ich ihr die Zeitung vorläse, täte ich nichts als lachen und absichtlich die Wörter verdrehen. Sie grüßte mich kaum und ging mit Nini davon. Während ich nach Hause zurückkehrte, fühlte ich mich müde und traurig. Seit einigen Tagen war mir gar nicht gut, ich empfand so etwas wie Übelkeit und aß nichts mehr, sogar der Geruch der Speisen ekelte mich. ›Was hab ich bloß? Vielleicht bin ich schwanger‹, dachte ich, ›Was soll ich jetzt machen?‹ Ich blieb stehen. Das Land rund um mich war still, ich sah die Stadt nicht mehr, unser Haus sah ich noch nicht und stand allein auf der leeren Straße mit diesem Schrecken im Herzen. Es gab Mädchen, die in die Schule gingen und im Sommer ans Meer fuhren, tanzten, untereinander über Dummheiten scherzten. Warum war ich nicht eine von ihnen? Warum war mein Leben nicht so?

Als ich in meinem Zimmer war, zündete ich mir eine Zigarette an. Aber diese Zigarette schmeckte scheußlich. Mir fiel ein, daß auch Azalea nicht rauchen konnte in der Zeit, als ihre Kinder geboren werden sollten. So ging es mir jetzt. Bestimmt war ich schwanger. Wenn mein Vater es erfahren hätte, hätte er mich umgebracht. ›Besser so‹, dachte ich, ›sterben. Dann ist es für immer vorbei.‹

Doch am Morgen stand ich ruhiger auf. Die Sonne schien. Zusammen mit den Kleinen pflückte ich die Trauben in der Pergola. Dann ging ich mit Giulio im Dorf spazieren. Es war Jahrmarkt, und Giulio kaufte mir ein Halskettchen mit einem Talisman als Anhänger. Ab und zu überfiel mich jener Schrecken, aber ich schob ihn fort von mir. Ich sagte Giulio nichts. Es machte mir Spaß, den Jahrmarkt zu sehen, die Leute, die herumschrien, die Hühner in den hölzernen Käfigen, die Kinder, die Trompete spielten. Mir fiel ein, daß Nini böse auf mich war, und ich dachte, daß ich zu ihm gehen wollte, um wieder Frieden zu schließen.

Jener Tag war ein Feiertag, und ich mußte nicht zu der Alten. Auch Nini ging nicht in die Fabrik. Ich traf ihn, als er gerade aus dem Café kam. Er war nicht mehr böse und fragte mich, ob ich etwas trinken wolle. Ich verneinte, und wir gingen zum Fluß.

»Schließen wir Frieden«, sagte ich zu ihm, als wir uns gesetzt hatten.

»Schließen wir ruhig Frieden. Aber nachher muß ich zu Antonietta.«

»Und ich kann nicht mitkommen? Ist Antonietta immer noch so wütend?«

»Ja. Sie sagt, du hast dich nie bedankt bei ihr für das, was sie für dich getan hat. Und außerdem ist sie eifersüchtig.«

»Eifersüchtig auf mich?«

»Ja, auf dich.«

»Das freut mich aber.«

»Natürlich freut es dich, du häßlicher Affe. Du genießt es, jemanden leiden zu lassen. Und jetzt müßte ich wirklich gehen. Aber ich habe keine Lust dazu.« Er lag im Gras, mit unter dem Kopf verschränkten Armen.

»Bist du gern mit mir zusammen? Lieber als mit Antonietta?«

»Viel lieber«, sagte er zu mir, »viel, viel lieber.«

»Warum?«

»Ich weiß nicht, warum, aber es ist so«, antwortete er.

»Ich bin auch gern mit dir zusammen. Lieber als mit allen anderen«, sagte ich.

»Lieber mit mir als mit Giulio?«

»Lieber mit dir.«

»Oh, wie kommt das denn?« sagte er und lachte.

»Ich weiß es wirklich nicht«, sagte ich. Ich fragte mich, ob er mich erneut küssen würde. Aber an jenem Tag gingen sehr viele Leute vorbei. Auf einmal sah ich Giovanni und Antonietta, die auf uns zukamen.

»Ich war mir sicher, sie hier zu finden«, rief Giovanni. Doch Antonietta blickte mich kalt an und sagte nichts zu mir. Nini erhob sich träge, und wir gingen mit ihnen in der Stadt bummeln.

Am Abend sagte Giovanni zu mir:

»Du bist schon ein seltsamer Typ. Jetzt hat dich die Nini-Manie gepackt, und du bist immer mit dem Nini zusammen, klebst am Nini, und man findet dich immer bei ihm.«

Es stimmte, daß ich immer mit Nini zusammen war. Ich holte ihn jeden Abend von der Fabrik ab. Ich wartete auf nichts anderes als auf diesen Augenblick. Es gefiel mir, mit ihm zusammenzusein. Wenn wir zusammen waren, vergaß ich das, wovor ich Angst hatte. Es gefiel mir, wenn er redete, und es gefiel mir, wenn er schwieg und an seinen Fingernägeln kaute, während er an etwas dachte. Ich fragte mich immer, ob er mich küssen würde, aber er küßte mich nicht. Er saß entfernt von mir, zerwühlte und glättete seinen Haarschopf und sagte:

»Geh jetzt nach Hause.«

Doch ich hatte keine Lust, nach Hause zurückzukehren. Ich langweilte mich nie, wenn wir zusammen waren. Es gefiel mir, wenn er mir von den Büchern erzählte, die er immer las. Ich verstand nicht, was er sagte, aber ich tat so, als verstünde ich, und nickte mit dem Kopf.

»Ich möchte wetten, daß du nichts verstehst«, sagte er und gab mir einen Klaps auf die Wange.

Eines Abends wurde mir schlecht, während ich mich auszog. Ich mußte mich aufs Bett legen und warten, bis es vorüber war. Ich war ganz naßgeschwitzt und hatte Schüttelfrost. ›Azalea ging es genauso‹, erinnerte ich mich. ›Morgen sage ich es Giulio. Er muß es doch erfahren‹, dachte ich. ›Aber was sollen wir bloß machen? Was wird er tun? Ist es denn möglich, daß es wirklich wahr ist?‹ Aber ich wußte, daß es bestimmt wahr war. Ich konnte nicht schlafen und warf die Decken fort, setzte mich mit klopfendem Herzen im Bett auf. Was hätte Nini gesagt, wenn er es erfahren hätte. Einmal war ich drauf und dran, es ihm zu sagen, aber dann schämte ich mich.

Am Morgen traf ich Giulio im Dorf. Er blieb nur einen Moment bei mir, weil er mit seinem Vater auf die Jagd gehen mußte.

»Du siehst schlecht aus«, sagte er zu mir.

»Weil ich nicht geschlafen habe«, antwortete ich.

»Ich hoffe, ich schieße einen schönen Hasen«, sagte er zu mir. »Ich habe richtig Lust, mir ein bißchen im Wald die Füße zu vertreten.«

Er betrachtete die Wolken, die langsam auf den Hügel zuschwammen.

»Hasenwetter«, sagte er.

An jenem Tag ging ich nicht zu der Alten. Nachdem ich allein durch die Stadt gestrolcht war, klingelte ich bei Azalea. Aber sie war ausgegangen. Ottavia stand in der Küche und bügelte. Sie hatte eine weiße Schürze vorgebunden und trug keine Pantoffeln. Alles änderte sich im Haus, wenn Azaleas Angelegenheiten gut liefen. Auch die Kinder schienen zugenommen zu haben. Ottavia sagte mir, während sie mit dem Bügeleisen über einen Büstenhalter von Azalea fuhr, jetzt gehe alles gut und Azalea sei immer zufrieden. Der Student sei nicht wie der andere. Er vergesse nie anzurufen. Mache immer, was Azalea wolle, und habe nicht einmal seine Eltern besucht, die verreist seien, weil Azalea es ihm nicht erlaubt habe. Man müsse nur darauf achten, daß der ›gnädige Herr‹ nichts merke. Man müsse sehr aufpassen. Sie bat mich, Azaleas Rückkehr abzuwarten, um ihr zu sagen, sie solle aufpassen.

Ich wartete eine Weile, doch Azalea kam nicht, und ich ging fort. Es war die Zeit, zu der Nini aus der Fabrik kam. Aber ich machte mich langsam auf den Heimweg. Es regnete. Durchnäßt kam ich zu Hause an und legte mich sofort ins Bett, das Gesicht unter dem Laken verborgen. Ich sagte meiner Mutter, mir sei nicht gut und ich wolle nichts essen.

»Eine kleine Erkältung«, sagte meine Mutter.

Am nächsten Morgen kam sie in mein Zimmer, berührte mein Gesicht und sagte, ich hätte kein Fieber. Und sie sagte, ich solle aufstehen und ihr beim Treppenputzen zur Hand gehen.

»Ich kann nicht aufstehen«, antwortete ich, »mir ist schlecht.«

»Ach, so machst du das«, sagte sie, »spielst jetzt die Kranke. Aber wer hier noch krank wird, das bin ich, weil ich von früh bis spät für euch schufte, bis mir die Arme abfallen. Wenn ich den Teller nehme, kann ich nicht mal mehr essen, so müde fühle ich mich. Und du findest es lustig, mich krepieren zu sehen.«

»Ich kann nicht aufstehen, ich habe es dir gesagt. Es geht mir schlecht.«

»Aber was ist denn?« sagte meine Mutter zu mir und schob das Laken weg, um meine Augen zu sehen. »Es ist dir doch nichts passiert?«

»Ich bin schwanger«, sagte ich zu ihr. Mein Herz klopfte heftig, und zum ersten Mal merkte ich, daß ich Angst davor hatte, was meine Mutter tun würde. Doch sie war gar nicht erstaunt. Still saß sie auf dem Bett und zog mir die Decke über die Füße.

»Bist du ganz sicher?« fragte sie.

Ich nickte weinend mit dem Kopf.

»Wein nicht«, sagte meine Mutter, »wirst sehen, daß sich alles einrenkt. Weiß es der junge Mann?«

Ich schüttelte den Kopf.

»Du hättest es ihm sagen müssen, dummes Ding. Aber jetzt werden wir alles anständig in Ordnung bringen. Ich werde rübergehen und mir das Gesindel vorknöpfen. Die werden unsere Meinung zu hören kriegen.« Sie bedeckte sich den Kopf mit dem Schal und ging. Kurz darauf kehrte sie ganz fröhlich zurück, mit gerötetem Gesicht.

»Dieses Gesindel«, sagte sie zu mir, »aber es ist geschafft. Wir brauchen nur etwas zu warten. Der junge Mann soll zuerst sein Examen machen. Das wollen sie. Jetzt muß nur Attilio ruhig bleiben. Aber dafür sorge ich. Deine Mutter sorgt dafür. Bleib du nur schön warm im Bett« – und sie brachte mir eine Tasse Kaffee. Dann nahm sie den Eimer und putzte die Treppe, und ich hörte sie allein vor sich hin lachen. Aber nach kurzer Zeit stand sie wieder vor mir.

»Der junge Mann gefällt mir«, sagte sie, »es ist die Mutter, die mir nicht paßt. Der Vater war sofort einverstanden, hat gesagt, er sei bereit, für den Sohn einzustehen, wenn es nur keinen Skandal gebe, und er hat mich gefragt, ob er mir ein Gläschen anbieten dürfe. Aber die Mutter hat sich benommen wie im Irrenhaus. Sie hat sich auf den Sohn gestürzt, daß es aussah, als wollte sie ihn umbringen. Sie krähte wie ein Hahn. Aber ich habe keine Angst bekommen. Ich habe zu ihr gesagt: ›Meine Tochter ist erst siebzehn, es gibt ja das Gericht, das wird sie schützen‹. Die Alte ist blaß geworden, hat sich hingesetzt und stumm ihre Ärmel glattgestrichen. Der Sohn stand da mit gesenktem Kopf und hat mich nicht einmal angesehen. Nur der Doktor redete. Er hat mir gesagt, um Himmels willen, bloß keine Skandale, wegen seiner Position. Und dabei ging er auf dem Teppich hin und her. Wenn du sehen könntest, was für Teppiche sie haben. Wenn du das Haus sehen würdest. Es ist ein schönes Haus. Sie haben alles da drin.«

Doch ich wandte den Kopf ab, wie um zu schlafen, damit sie ginge.

Zuletzt schlief ich wirklich ein und erwachte, als mein Vater nach Hause kam. Ich spitzte die Ohren und hörte, daß er im Schlafzimmer mit meiner Mutter sprach, dann hörte ich ihn plötzlich schreien. »Jetzt kommt er und bringt mich um«, dachte ich. Aber er kam nicht. Statt dessen kam Giovanni.

»Der Nini läßt dir ausrichten, warum du ihn gestern nicht abgeholt hast und daß er dich heute erwartet«, sagte er zu mir.

»Ich liege im Bett, siehst du das nicht«, erwiderte ich, »es geht mir nicht gut.«

»Du wirst Scharlach haben«, sagte er zu mir, »alle haben sie Scharlach. Die Kinder von Azalea haben's bekommen. Und du wirst jetzt auch ein Gesicht wie eine Erdbeere kriegen.«

»Ich habe kein Scharlach«, sagte ich zu ihm, »ich habe was anderes.«

Doch er stellte keine Fragen. Er blickte durch die Scheiben hinaus und sagte:

»Wohin geht der denn?«

Ich trat ebenfalls ans Fenster und sah meinen Vater auf das Dorf zugehen.

»Wohin geht er? Er hat noch nicht einmal gegessen«, sagte Giovanni.

Gegen Abend kam Azalea. Sie trat mit meiner Mutter ins Zimmer.

»Weißt du, daß wir im Mai ein schönes Kind bekommen werden?« sagte meine Mutter zu ihr.

Sie antwortete nicht und setzte sich finster, während sie den Fuchs von den Schultern abnahm.

»Mama quatscht viel«, sagte sie zu mir, als wir allein waren, »es ist überhaupt nicht sicher, daß du heiratest. Papa ist hingegangen, und sie haben ein irres Theater gemacht, es fehlte nicht viel, und sie hätten sich totgeschlagen. Sie haben Geld angeboten, damit Papa schweigt und du deinen Balg woanders zur Welt bringst, und mit der Heirat, das wird man sehen, das wird man sehen, sagten sie. Papa hat angefangen zu schreien, sie hätten ihn entehrt und er würde zum Gericht gehen, wenn Giulio nicht schwören würde, daß er dich heiratet. Er ist zu mir gekommen und war völlig fertig. Ich hab's dir ja gesagt, daß es so ausgeht. Jetzt wirst du die ganze Zeit im Haus bleiben müssen, weil die Leute im Dorf schon angefangen haben zu tuscheln. Sie wissen nichts, aber sie riechen, daß irgendwas ist. Viel Vergnügen, meine Liebe.«

Am Abend kam erneut Giovanni. Auch er hatte jetzt alles kapiert und sah mich boshaft an. Er sagte zu mir:

»Der Nini weiß noch nichts von dir.«

»Ich will nicht, daß du es ihm sagst«, sagte ich.

»Sei ganz ruhig, ich sag's ihm nicht«, erwiderte er, »glaubst du etwa, es machte mir Spaß, deine Heldentaten weiterzuerzählen? Da hast du dich schön in die Tinte gesetzt. Wer weiß, ob er dich heiratet. Es heißt, er sei schon verlobt. Meinetwegen, mir ist es egal. Geh zum Teufel, du mit deinem Balg.«

Ich setzte mich auf und warf ein Glas nach ihm, das auf dem Nachttisch stand. Er fing an zu schreien und wollte mich verprügeln, aber meine Mutter kam. Sie packte ihn am Jackett und zog ihn fort.

Meine Mutter wollte nicht, daß ich in die Küche oder die unteren Räume hinunterkam, aus Angst, daß mein Vater mich dort finden könnte. Ich erfuhr von Giovanni, daß mein Vater geschworen hatte, wenn ich ihm unter die Augen käme, würde er nicht mehr nach Hause kommen. Aber ich hatte gar keine Lust, mich aus meinem Bett zu rühren. Morgens streifte ich mein Kleid über, um nicht zu frieren, zog die Strümpfe an und streckte mich, in die Decke gewickelt, wieder auf dem Bett aus. Es ging mir schlecht. Mit jedem Tag, der verstrich, wurde es schlimmer. Meine Mutter brachte mir auf einem Tablett das Mittagessen, aber ich aß nichts. Eines Abends warf Giovanni mir einen Roman zu:

»Den schickt dir der Nini«, sagte er, »er hat drei Stunden vor der Fabrik auf dich gewartet. So viele Tage wartet er jetzt schon auf dich, sagt er. ›Sie ist krank‹, habe ich ihm geantwortet.«

Ich probierte, den Roman zu lesen, aber dann gab ich es auf. Es war die Geschichte von zweien, die ein Mädchen umbrachten und es dann in eine Truhe sperrten. Ich legte das Buch weg, weil es mir angst machte und weil ich das Lesen nicht gewöhnt war. Nachdem ich eine Weile gelesen hatte, vergaß ich, was davor gestanden hatte. Ich war nicht wie Nini. Für mich ging die Zeit trotzdem herum. Ich hatte mir das Grammophon ins Zimmer stellen lassen und hörte zu, wie die heisere Stimme immer wieder sang:

Samtweiche Händeee
Duftende Händeee

Sang da ein Mann oder eine Frau? Man wußte es nicht recht. Aber ich hatte mich an die Stimme gewöhnt, und es gefiel mir, sie zu hören. Ich hätte kein anderes Lied gewollt. Jetzt wollte ich nichts Neues mehr. Ich zog jeden Morgen dasselbe Kleid an, ein altes, abgetragenes Kleid, das schon überall geflickt war. Aber Kleider interessierten mich jetzt nicht mehr.

Als der Nini vor mir stand, am Sonntagmorgen, während meine Mutter in der Kirche war, verstimmte es mich, daß er gekommen war. Die vom Regen tropfenden Blumen, die er in der Hand hielt, seine regennassen Haare, sein aufgeregtes, lächelndes Gesicht, alles sah ich an wie etwas Dummes, das ich nicht kannte.

»Mach die Tür zu«, sagte ich wütend zu ihm.

»Habe ich dich erschreckt, hast du geschlafen? Hier sind Blumen«, sagte er, indem er sich zu mir setzte. »Wie geht es dir? Bist du wieder gesund? Was ist? Dein Gesicht ist so seltsam geworden.«

»Es geht mir schlecht«, sagte ich. Ich merkte, daß er noch nichts wußte.

»Schmal und häßlich ist dein Gesicht geworden«, sagte er zu mir. »Es tut dir nicht gut, hier im Zimmer zu hocken. Du solltest ein bißchen an die Luft gehen. Ich warte immer an der Fabrik auf dich. Denke: Vielleicht geht es ihr heute gut und sie kommt. Wirst du mich wieder abholen, wenn du gesund bist?«

»Ich weiß nicht.«

»Wieso, ich weiß nicht? Was für ein Ton! Die Krankheit hat dir den Charakter verdorben. Sag mir, ob du wieder kommen wirst oder ob du nicht mehr kommen wirst.«

»Sie lassen mich nicht aus dem Haus«, antwortete ich.

»Wie, sie lassen dich nicht aus dem Haus?«

»Weil sie nicht wollen, daß ich mit Giulio gehe. Und mit dir auch nicht, sie wollen nicht, daß ich mit Jungen gehe.«

»Gut«, sagte er, »gut.«

Er begann, im Zimmer auf und ab zu gehen.

»Du erzählst mir einen Haufen Lügen«, sagte er plötzlich, »es muß ein System sein, das du erfunden hast, um mich zum Teufel zu schicken. Wie es dir Spaß macht, mich leiden zu sehen! Wie du es genießt! Ich kann nicht mehr arbeiten, ich kann nichts tun. Den ganzen Tag denke ich nur an dich. Das wolltest du doch, stimmt's? Daß ich mir das Leben vergifte?« Er sah mich mit funkelnden, bösen Augen an. »Es ist dir gelungen«, sagte er zu mir.

»Es liegt mir gar nichts daran, dich leiden zu lassen«, sagte ich zu ihm. Ich setzte mich im Bett auf. »Mag sein, daß es mir einmal Spaß machte, wie du sagst. Aber jetzt, was soll mir jetzt noch daran liegen. Jetzt habe ich andere Sorgen. Ich bekomme ein Kind.«

»Das ist es?« sagte er und wirkte nicht erstaunt. Doch seine Stimme klang wie erloschen. Er legte mir die Hand auf die Schulter. »Oh, armes Mädchen! Armes Mädchen!« sagte er. »Was wirst du tun?«

»Ich weiß nicht«, antwortete ich.

»Wird er dich heiraten?«

»Ich weiß nicht. Ich weiß gar nichts. Aber sie haben mit ihm gesprochen. Vielleicht heiratet er mich, wenn er mit dem Studium fertig ist.«

»Weißt du, daß ich dich liebhabe?« fragte er mich.

»Ja«, sagte ich.

»Vielleicht hättest du mich auch liebgewonnen, nach und nach«, sagte er zu mir. »Aber es hat keinen Zweck, daß wir jetzt darüber sprechen. Wenn man darüber spricht, tut es noch mehr weh. Es ist aus. Siehst du, ich sitze hier neben dir, aber mir fällt nichts mehr ein, was ich dir sagen könnte. Ich würde gern etwas für dich tun, um dir zu helfen, aber gleichzeitig ist mir danach, wegzugehen und nie mehr etwas über dich zu hören.«

»Dann geh doch«, sagte ich zu ihm und fing an zu weinen.

»Wie froh ich war«, sagte er, »ich sagte mir, nach und nach würdest du dich auch verlieben. Manchmal dachte ich so, aber manchmal bekam ich Angst, ich hätte dich zu sehr lieb. Ich sagte: Sie wird mich niemals liebhaben, es gefällt ihr nur zu sehen, wie die Leute leiden. Wie dumm wir doch gewesen sind, alle beide.«

Wir schwiegen eine Weile. Die Tränen liefen mir übers Gesicht.

»Vielleicht wird er mich heiraten, wenn er mit dem Studium fertig ist«, sagte ich zu ihm.

»Aber ja, vielleicht wird er dich heiraten. Ich passe sowieso nicht zu dir. Du würdest mich zu sehr leiden lassen. Wir zwei sind so verschieden.«

Er ging. Ich hörte seine Schritte auf der Treppe, hörte, wie er im Gemüsegarten mit meiner Mutter sprach. Meine Mutter kam in mein Zimmer, um mir zu sagen, daß sie in der Kirche die Familie des Doktors gesehen hatte, aber Giulio war nicht dabei. Der Doktor war zu ihr gekommen und hatte gesagt, er habe Giulio eine Zeitlang in die Stadt geschickt. Und dann hatte er sie gefragt, ob er kommen könne, um mit ihr zu reden.

»Geschafft«, sagte meine Mutter.

Der Doktor kam noch am selben Tag, und er und meine Mutter schlossen sich im Eßzimmer ein, um fast zwei Stunden zu diskutieren. Dann kam meine Mutter herauf und sagte, ich solle guten Mutes sein, denn sie seien sich alle einig und wir würden im Februar heiraten. Vorher ginge es nicht, weil Giulio in Ruhe studieren mußte, ohne Aufregungen, und bis zum Hochzeitstag würden wir uns nicht wiedersehen. Der Doktor wollte sogar, daß ich sofort das Dorf verlasse, um

Gerüchte zu vermeiden. Meine Mutter hatte daran gedacht, mich zu einer Tante zu schicken, die in einem höhergelegenen Dorf unweit des unseren wohnte. Meine Mutter fürchtete, ich könne mich weigern zu gehen. Deshalb begann sie, mit großer Wärme von jener Tante zu sprechen, als hätte sie ganz vergessen, daß sie seit Jahren im Streit miteinander lagen wegen bestimmter Möbel. Sie erzählte mir von dem Garten, den die Tante vor dem Haus hatte, einen schönen großen Gemüsegarten, dort würde ich spazierengehen können, solange es mir gefiel.

»Es dauert mich, wenn ich dich immer hier eingesperrt sehe wie im Gefängnis. Aber die Leute sind so böse.«

Dann kam Azalea. Sie und meine Mutter fingen an, über den Tag zu beraten, an dem ich abreisen sollte, und meine Mutter wollte, daß Azalea ihren Mann überredete, sich das Auto seiner Firma zu leihen, doch Azalea wollte nichts davon wissen.

In das Dorf meiner Tante fuhr ich auf einem Karren. Meine Mutter begleitete mich. Wir wählten einen Weg zwischen den Feldern, damit mich niemand sah. Ich trug einen Mantel von Azalea, weil meine Kleider mir nicht mehr paßten und mir in der Taille zu eng waren. Wir trafen am Abend ein. Die Tante war eine sehr dicke Frau mit vorstehenden schwarzen Augen, trug eine blaue Baumwollschürze und hatte eine Schere um den Hals hängen, weil sie als Schneiderin arbeitete. Sie begann mit meiner Mutter um den Preis zu streiten, den ich zahlen sollte für die Zeit, die ich bei ihr blieb. Meine Cousine Santa brachte mir etwas zu essen, zündete das Feuer im Kamin an, und nachdem sie sich zu mir gesetzt hatte, erzählte sie mir, daß auch sie hoffte, bald zu heiraten, »aber ich habe keine Eile«, sagte sie, laut und lange lachend. Ihr Verlobter war der Sohn des Dorfbürgermeisters, und sie waren seit acht Jahren verlobt. Er machte gerade seinen Militärdienst und schickte Postkarten.

Das Haus der Tante war groß, mit hohen, leeren, eiskalten Zimmern. Überall standen Säcke mit Mais und Kastanien herum, und von der Decke hingen Zwiebeln. Die Tante hatte neun Kinder gehabt, aber einige waren gestorben, einige weggegangen. Im Haus lebte nur noch Santa, die Jüngste, die vierundzwanzig Jahre alt war. Die Tante konnte sie nicht ausstehen und keifte den ganzen Tag hinter ihr her. Daß sie noch nicht geheiratet hatte, lag daran, daß die Tante sie unter dem einen Vorwand oder dem anderen daran hinderte, ihre Aussteuer fertigzumachen. Es gefiel ihr, die Tochter im Haus zu behalten und sie zu quälen, ohne ihr je Ruhe zu gönnen. Santa fürchtete sich vor ihrer Mutter, doch jedesmal, wenn sie davon sprach, zu heiraten und sie zu verlassen, weinte sie. Sie wunderte sich, daß ich nicht weinte, als meine Mutter wieder abfuhr. Sie weinte jedesmal, wenn ihre Mutter zu Geschäften in die Stadt fuhr, obwohl sie wußte, daß sie noch vor dem Abend zurückkehren würde. In der Stadt war Santa nur zwei- oder dreimal gewesen. Doch sie sagte, im Dorf fühle sie sich wohler. Dabei war ihr Dorf noch schlimmer als unseres. Es stank nach Misthaufen, auf den Treppen saßen schmutzige Kinder, und sonst gab es nichts. Die Häuser hatten kein Licht, und das Wasser mußte man am Brunnen holen. Ich schrieb meiner Mutter, ich wolle nicht mehr bei der Tante wohnen, und sie solle mich holen kommen. Sie schrieb nicht gern, und deshalb antwortete sie mir nicht brieflich, sondern ließ mir von einem Mann, der Kohlen verkaufte, ausrichten, ich solle Geduld haben und bleiben, wo ich sei, denn es gebe keine andere Lösung.

Also blieb ich. Ich würde nicht vor Februar heiraten, und jetzt war erst November. Seit ich meiner Mutter gesagt hatte, daß ich ein Kind bekam, war mein Leben so seltsam geworden. Seitdem hatte ich mich immer verstecken müssen, wie etwas Beschämendes, das niemand sehen darf. Ich dachte an mein früheres Leben, an die Stadt, wo ich jeden Tag hinging, an die Straße, die in die Stadt führte und die ich jahrelang zu jeder Jahreszeit benutzt hatte. Ich erinnerte mich genau an jene Straße, die Steinhaufen, die Hecken, den Fluß, auf den man plötzlich stieß, und die Brücke voller Menschen, die auf den Marktplatz führte. In der Stadt kaufte man gesalzene Mandeln, Eis, man betrachtete die

Schaufenster, da war der Nini, der aus der Fabrik kam, da war Antonietta, die ihren Verkäufer ausschimpfte, da war Azalea, die auf ihren Geliebten wartete und vielleicht ins Le Lune mit ihm ging. Ich aber war weit weg von der Stadt, vom Le Lune, vom Nini, und dachte voll Staunen an diese Dinge. Ich dachte an Giulio, der in der Stadt studierte, ohne mir zu schreiben und ohne mich zu besuchen, als erinnerte er sich gar nicht an mich und wüßte nicht, daß er mich heiraten mußte. Ich dachte, daß ich ihn nicht mehr gesehen hatte, seit er erfahren hatte, daß wir ein Kind bekommen würden. Was sagte er dazu? War er froh oder war er nicht froh, daß wir heiraten mußten?

In der Küche der Tante sitzend, verbrachte ich die Tage, immer mit denselben Gedanken, die Feuerzange in der Hand, die Katze auf den Knien, um etwas Wärme zu spüren, und einen Wollschal um die Schultern. Ab und zu kamen Frauen, um Kleider anzuprobieren. Die Tante, kniend, den Mund voller Stecknadeln, stritt wegen der Form des Ausschnittes oder der Ärmel und sagte, als die Contessa noch lebte, habe sie jeden Tag in die Villa gehen müssen, um für sie zu arbeiten. Die Contessa war schon lange gestorben und die Villa verkauft worden, und die Tante weinte immer, wenn sie davon sprach.

»Es war ein Genuß, diese Seide, diese Spitzen zwischen den Fingern zu fühlen«, sagte die Tante. »Die arme Contessa mochte mich so gern. Sie sagte: ›Elide, meine Liebe, solange ich da bin, soll es dir an nichts fehlen.‹«

Doch sie war im Elend gestorben, weil die Kinder und der Ehemann alles verpraßt hatten.

Die Frauen sahen mich neugierig an, und die Tante erzählte, daß sie mich aus Mitleid aufgenommen habe, denn meine Familie hätte mich vor die Tür gesetzt wegen des Unglücks, das mir zugestoßen sei. Die eine oder andere wollte mir eine Predigt halten, doch die Tante sagte kurz angebunden:

»Was gewesen ist, ist gewesen, und wie es weitergeht, weiß man nicht. Manchmal glaubt man, etwas falsch zu machen, und dann stellt sich heraus, daß es gut war. Wenn man sie so sieht, wirkt sie dumm, aber sie ist schlau, denn sie hat sich einen reichen, gebildeten Jungen genommen, der sie am Ende doch noch heiratet. Dumm ist vielmehr meine Tochter, die seit acht Jahren verlobt ist und es nicht schafft, sich heiraten zu lassen. Sie behauptet, es sei meine Schuld, weil ich ihr keine Aussteuer gebe. Sollen die ihr doch die Aussteuer kaufen, denen geht's besser als mir.«

»Eines Tages komme ich auch schwanger nach Hause, dann bist du zufrieden«, rief meine Cousine ihr zu.

»Probier's nur, und dann sehen wir weiter«, sagte die Tante zu ihr, »ich reiß dir alle Zähne aus, wenn du es noch mal sagst. Nein, in meinem Haus hat man so etwas nie gesehen. Von neun Kindern sind fünf Mädchen, aber was die Ernsthaftigkeit angeht, hat nie jemand etwas aussetzen können, weil ich von klein auf gut auf sie aufgepaßt habe. Wiederhol nur, was du gesagt hast, du Hexe«, sagte sie zu Santa. Santa prustete los, und die Frauen lachten mit ihr, auch die Tante lachte und hörte gar nicht mehr auf.

Die Tante war die Schwester meines Vaters. Obwohl sie viele Jahre nicht mehr in unserem Dorf gewesen war und ich sie vorher fast noch nie gesehen hatte, wußte sie über alle Bescheid und sprach von allen, als hätte sie sie immer um sich gehabt. Sie schimpfte über Azalea und behauptete, daß sie zu hochnäsig sei.

»Die glaubt, sie sei wer weiß wer, nur weil sie im Winter einen Pelzmantel trägt«, sagte sie. »Die Contessa besaß gleich drei Pelzmäntel und warf sie beim Heimkommen dem Diener in den Arm, als wären es Lumpen. Dabei weiß ich genau, was sie wert waren.

Ich kenne mich aus mit Pelzen. Der von Azalea ist Kaninchen. Stinkt nach Kaninchen aus einem Meter Entfernung.«

»Dieser Nini ist ein komischer Kauz«, sagte sie manchmal, »ich bin ja seine Tante, genausogut wie deine, aber ich habe nie das Vergnügen gehabt, ihn ein bißchen besser kennenzulernen. Als ich ihn eines Tages in der Stadt traf, hat er mich höflich gegrüßt und ist weitergegangen. Dabei hab ich ihn als Kind auf dem Arm getragen und seine Hosen geflickt, weil er immer zerrissen herumlief. Man hat mir gesagt, er lebe mit einer Frau zusammen.«

»Er arbeitet in der Fabrik«, sagte ich zu ihr.

»Zum Glück gibt's wenigstens einen, der arbeitet. Meine Kinder arbeiten alle, aber bei euch tut keiner was. Ihr seid aufgewachsen wie Unkraut, ein Jammer, wenn man nur dran denkt. Seit du hier bist, hast du nicht einmal dein Bett gemacht. Sitzt den ganzen Tag herum, die Füße auf dem Hocker.«

»Es geht mir schlecht«, sagte ich zu ihr, »es geht mir zu schlecht, ich darf mich nicht anstrengen.«

»Man sieht's ihr ja an, wie sie leidet«, sagte Santa, »sie ist grün wie eine Zitrone und verzieht dauernd den Mund. Nicht alle sind so robust wie wir. Weil wir unter Bauern leben, sie dagegen ist näher an der Stadt aufgewachsen.«

»Sag ruhig, daß sie dauernd in der Stadt war. Schon seit sie klein war, tat sie nichts als wegrennen, in die Stadt, und so hat sie ihr Schamgefühl verloren. Ein Mädchen dürfte keinen Fuß in die Stadt setzen, wenn die Mutter sie nicht begleitet. Aber ihre Mutter spinnt ja auch ganz schön. Ihre Mutter hatte als Mädchen auch keinen Respekt.«

»Aber wenn Delia heiratet, geht's ihr besser als allen anderen«, sagte Santa, »und dann wird sie bestimmt genauso eingebildet wie Azalea.«

»Das stimmt. An dem Tag, an dem sie heiratet, fehlt es ihr an nichts mehr. Na, warten wir's ab, ob sie heiratet. Vielleicht wird ja alles gut, aber wer weiß. Wollen wir's hoffen.«

»Wenn du verheiratet bist, komme ich als Dienstmädchen zu dir«, sagte Santa, als die Tante hinausgegangen war, »falls ich nicht selber heirate. Aber wenn ich heirate, muß ich aufs Feld, mit Kopftuch und Holzschuhen an den Füßen auf dem Esel sitzen und schwitzen, den ganzen Tag hin und her. Denn mein Verlobter ist Bauer, und sie besitzen Land bis unter das Dorf, ohne den Weinberg mitzurechnen, und haben Kühe und Schweine. Mir wird es auch an nichts fehlen.«

»Wie lustig. Mir wird schlecht, wenn ich bloß dran denke«, sagte ich.

»Oh, dir wird immer schnell schlecht«, sagte Santa beleidigt, während sie den Kohl für die Suppe putzte. »Ich hab Vincenzo lieb, ich würde ihn auch nehmen, wenn er arm und abgerissen wäre und ich im Elend mit ihm leben müßte. Du dagegen hast keine Zeit zu überlegen, ob du den da oder einen anderen liebhast, weil du ihn auf alle Fälle heiraten mußt, in deinem Zustand. Und danke mußt du auch noch sagen, wenn er dich heiratet. Mir macht es nichts aus zu arbeiten, wenn ich den an meiner Seite habe, der mich liebhat.«

Beim Abendessen hielten wir den Suppenteller auf dem Schoß, ohne uns vom Feuer zu entfernen. Ich aß meine Suppe nie auf. Die Tante kippte das, was ich übrig ließ, auf ihren Teller.

»Wenn du so weitermachst, wird eine Maus aus dir rauskommen«, sagte sie.

»Es ist die Dunkelheit, die mir angst macht. Da vergeht mir die Lust zu essen. Wenn es Nacht ist, kommt man sich hier vor wie im Grab.«

»Ah, man braucht elektrisches Licht zum Essen. Das habe ich ja noch nie gehört. Man braucht elektrisches Licht.«

Nach dem Abendessen blieben Santa und die Tante noch eine ganze Weile auf und strickten. Sie strickten sich Unterhemden. Ich wurde schläfrig, blieb aber ebenfalls auf, weil ich mich fürchtete, allein die Treppe hinaufzugehen. Wir schliefen alle drei in einem Bett, in dem Zimmer unter dem Dach. Morgens stand ich als letzte auf. Die Tante ging hinunter, um die Hühner zu füttern, Santa kämmte sich und erzählte mir dabei von ihrem Verlobten. Ein bißchen schlief ich und ein bißchen hörte ich ihr zu, und ich sagte zu ihr, sie solle meine Schuhe putzen. Sie putzte sie und achtete darauf, daß die Tante nicht hereinkam, denn die Tante wollte nicht, daß ich mich bedienen ließ. Und währenddessen erzählte sie mir weiter ihre ganzen Geschichten. Sie sagte: »Ich heiße Santa, aber ich bin keine Heilige.« Sie sagte, sie sei keine Heilige, weil ihr Verlobter sie umarmte, wenn er auf Urlaub kam, und sie zusammen ausgingen.

Manchmal spazierte ich etwas im Gemüsegarten auf und ab, weil die Tante sagte, eine Schwangere dürfe nicht immer nur sitzen. Sie schob mich zur Tür hinaus. Der Gemüsegarten war von einer Mauer umgeben, und durch ein Holztor gelangte man ins Dorf. Doch ich öffnete dieses Tor nie. Ich konnte das Dorf vom Fenster unseres Zimmers aus sehen, und es hatte nichts Einladendes. Ich wanderte vom Tor zum Haus, vom Haus zum Tor. Auf der einen Seite waren die Stöcke für die Tomaten, auf der anderen waren Kohlköpfe angepflanzt. Ich mußte aufpassen, nichts zu zertreten. »Paß auf den Kohl auf«, schrie die Tante, den Kopf zum Fenster herausstreckend. Im Garten lag überall Schnee, und meine Füße wurden eiskalt. Welcher Tag war denn? Welcher Monat? Was machten sie zu

Hause? Und war Giulio noch in der Stadt? Ich wußte nichts mehr. Ich wußte nur, daß mein Körper wuchs und wuchs und die Tante mir schon zweimal mein Kleid weiter gemacht hatte. Je breiter und runder mein Körper wurde, um so kleiner, häßlicher und angespannter wurde mein Gesicht. Ich betrachtete mich immer im Spiegel über der Kommode. Es war seltsam anzusehen, wie mein Gesicht geworden war. »Es ist besser, daß mich niemand sieht«, dachte ich. Aber es verbitterte mich, daß Giulio mir nicht geschrieben hatte und nie zu Besuch gekommen war.

Einmal kam dagegen Azalea. Es war Nachmittag. Sie trug den berühmten Pelzmantel und einen sehr seltsamen Hut mit drei Federn auf der Vorderseite. In der Küche saß Santa mit ein paar kleinen Mädchen, die von ihr Häkeln lernten. Azalea sah niemandem ins Gesicht, sondern ging die Treppe hinauf und sagte zu mir, sie wolle allein mit mir sprechen. Sie öffnete die erstbeste Tür, die sie sah, und wir fanden die Tante, die sich etwas hingelegt hatte, ohne Kleid, in ihrem schwarzen Unterrock, und der graue Zopf fiel ihr auf die Schultern. Als sie Azalea erkannte, erhob sich die Tante ganz verängstigt und aufgeregt und begann, ihr tausend Komplimente zu machen, als erinnere sie sich gar nicht mehr an all das, was sie über sie gesagt hatte. Sie wollte hinuntergehen, um ihr einen Kaffee zu kochen. Doch Azalea antwortete schroff, sie wolle keinen Kaffee, sie wolle etwas mit mir allein sein, weil sie gleich wieder weg müsse. Also ging die Tante hinaus, und wir blieben allein, und Azalea fragte mich, ob es mir sehr schlecht gehe.

»Du bist schon ziemlich dick«, sagte sie zu mir, »ich habe den Eindruck, an dem Tag, an dem sie dich in die Kirche bringen, wirst du aussehen wie ein Ballon.«

Und sie erzählte mir, daß Giulios Vater noch einmal gekommen sei, um Geld anzubieten, wenn nur nicht mehr die Rede von Heirat wäre. Zu Hause habe es einen Mordskrach gegeben, und er sei erschrocken weggegangen mit der Versicherung, sie hätten ihn falsch verstanden und er sei sehr zufrieden mit allem. Dann sagte sie, daß ich auch nach der Hochzeit noch eine Weile bei der Tante bleiben würde, bis das Kind auf die Welt kam, damit im Dorf nicht so viel geredet würde. Und sie sagte, daß Giulios Mutter eine geizige Alte sei, die dem Dienstmädchen nichts zu essen gebe und jeden Tag die Bettwäsche zähle vor Angst, man könne sie ihr stehlen, und wenn ich dann mit ihr zusammenwohnen müßte, sei ich nicht zu beneiden.

»Aber Giulio hat gesagt, wir werden allein in der Stadt wohnen.«

»Hoffen wir's, daß ihr allein wohnen werdet. Denn wenn du zu ihr ziehen mußt, wird sie dir das Leben schwermachen.«

»Sag Giovanni, er soll mich besuchen kommen«, sagte ich zu ihr.

»Ich werde es ihm bestellen, aber wer weiß, ob er kommt. Er ist mit einer Frau beschäftigt.«

»Antonietta?«

»Ich weiß nicht, wer sie ist. Eine Blonde, die vorher der Nini hatte. Sie gehen eng umschlungen auf dem Corso spazieren. Aber sie ist schon ziemlich alt und nicht viel wert.«

»Sag auch dem Nini, daß er mich besuchen soll. Ich langweile mich.«

»Den Nini sehe ich schon länger nicht mehr. Wenn ich ihn finde, werde ich es ihm ausrichten. Ich komme noch ein paarmal, aber du weißt ja, ich habe nicht viel Zeit. Der läßt mir keine Minute. Kommt dauernd und pfeift unter den Fenstern und macht mir Zeichen: Es ist ein Skandal.«

»Ist es immer noch der Student?« fragte ich.

»Was glaubst du denn, daß ich jeden Monat wechsle?« erwiderte sie beleidigt, indem sie sich die Handschuhe zuknöpfte. »Ade«, sagte sie zu mir, »ich gehe«, und umarmte mich. Das erstaunte mich, und ich küßte sie ebenfalls auf ihr kaltes, gepudertes Gesicht. »Ade«, wiederholte sie auf der Treppe. Ich sah sie steif durch den Garten gehen, gefolgt von der Tante.

Die Tante kam mich rufen, weil ich ihre Pfannkuchen versuchen sollte. Sie erzählte mir, sie habe Azalea gefragt, ob sie alte Schuhe habe, für Santa und für sie. Azalea habe ihr versprochen, sie werde ihr ein andermal welche mitbringen. Die Pfannkuchen schmeckten nach Fett, und ich mußte mich übergeben. Azaleas Besuch hatte mich traurig gemacht. Ich bereute, daß ich sie gebeten hatte, dem Nini zu sagen, er solle mich besuchen. Welchen Eindruck würde ich auf ihn machen, wenn er wirklich kam? Ich erkannte mich selbst nicht mehr, wenn ich in den Spiegel sah. Als wäre ich gar nicht mehr dieselbe. Wie rasch lief ich früher die Treppe hinauf. Jetzt war mein Schritt schwer geworden, ich hörte ihn im ganzen Haus widerhallen.

Einige Tage später sah ich tatsächlich Giovanni heraufkommen. Er fuhr mit einem Motorrad vor. Ein Freund hatte es ihm geliehen. Kaum war er abgestiegen, zeigte er mir, daß er eine Uhr hatte. Und sagte, er habe sie mit dem Geld gekauft, das er mit einer Provision verdient habe.

»Was ist eine Provision?« fragte ich ihn.

Er erklärte mir, er habe von einem Mann den Auftrag bekommen, jemanden zu finden, der dessen Lieferwagen kaufte. Ohne Mühe habe er dann zweihundert Lire in der Tasche gehabt.

»Nur Dummköpfe schuften acht Stunden am Tag in der Fabrik wie der Nini. Das Geld fließt einem von selber in die Tasche. Man muß nur reden können. Der Nini ist die ganze Zeit todmüde, und sonntags schließt er sich ein und schläft. Auch weil er jetzt schlimmer trinkt als früher.«

»Siehst du ihn oft?« fragte ich.

»Kaum. Er wohnt jetzt woanders.«

»Lebt er nicht mehr mit Antonietta zusammen?«

»Nein.«

Ich wollte ihn noch weiter über den Nini ausfragen, doch er begann wieder von Geld zu reden, von dem Lieferwagen, den er verkauft hatte, und von einer anderen Provision für irgendwelches Eisen, das er demnächst bekommen müsse. Er setzte sich zu Santa in die Küche und half ihr Kastanien schälen, und dabei prahlte er immer weiter und erzählte von der Provision und von seiner Absicht, sich ein Motorrad zu kaufen, sobald er genug Geld beisammen habe. Santa machte sich auf den Weg zur Abendandacht, und wir blieben allein am Feuer.

»Geht es dir gut hier?« fragte er mich.

»Ich langweile mich«, sagte ich.

»Giulio ist in der Stadt. Antonietta und ich haben ihn im Café getroffen. Er hat sich zu uns gesetzt und uns ein Getränk ausgegeben. Er hat gesagt, er studiert bis zum Umfallen und hat keine Zeit, dir zu schreiben.«

»War Nini auch da?« fragte ich ihn.

»Nein, er war nicht da, denn er und Antonietta sind jetzt wie Hund und Katze. Antonietta sagt, daß er sie wie ein Flegel behandelt hat und eines Morgens auf und davon gegangen ist und dabei schlimmer herumgeschrien hat als ein Teufel. Jetzt wohnt er allein in einem Zimmer, in dem er seine Bücher gestapelt hat, und wenn er aus der Fabrik kommt, vergräbt er sich da drin und liest und trinkt. Wenn ich komme, versteckt er die Flasche. Er kauft sich nicht mal was zu essen und läßt sich so verdrecken, daß man Angst kriegt. Antonietta hat mich beauftragt, ihm einige Bücher zu bringen, die er bei ihr gelassen hatte. ›Antonietta, die schenk ich dir‹, hat er zu mir gesagt, ›nimm meinen Platz ein und zieh zu ihr, da wird es dir besser gehen als bei dir zu Hause; sie kocht hervorragend, die Antonietta, und den Braten macht sie köstlich.‹«

»Ja und wirst du es tun?«

»Ich bin doch nicht blöd«, sagte er zu mir, »wenn ich zu ihr ziehe, muß ich sie am Ende noch heiraten. Ich behalte sie, solange ich Lust habe, und dann laß ich sie sitzen, so wie es der Nini gemacht hat. Erstens kapiert man, wenn sie noch nicht angemalt ist, genau, wie alt sie ist. Und außerdem jammert sie dauernd, daß es einen langweilt, ihr zuzuhören.«

Er blieb zum Abendessen und erschreckte Santa mit der Geschichte eines Gespensts, das nachts auf der Straße spukte. Ich ging mit ihm in den Garten hinaus.

»Ade«, sagte er und schwang sich in den Sattel, »bleib lustig. Wenn du nicht mehr diese Wassermelone vor dir herträgst, lade ich dich mit Antonietta ins Kino ein. Im Kino sieht man schöne Sachen. Ich gehe oft, weil Antonietta den Besitzer kennt und sie uns billiger reinlassen.«

Er fuhr mit großem Getöse los und hinterließ eine Rauchwolke.

Die Tante und Santa unterhielten sich noch weiter über das Gespenst, sie redeten den ganzen Abend darüber und erzählten auch von einer Nonne, die immer am Brunnen erschien und die Santa einmal gesehen hatte, bis ich auch Angst bekam. Im Bett konnte ich nicht einschlafen und dachte dauernd an die Nonne. Ich weckte Santa, zog sie am Arm, aber sie drehte sich zur anderen Seite und brummte irgendwas. Ich stand auf und ging barfuß zum Fenster und dachte an den Nini, der mit zerzaustem Haarschopf in seinem Zimmer trank und rasch die Flasche wegstellte, wenn Giovanni eintrat. Ich bekam Lust, mit Nini zu reden und ihm zu sagen, daß ich vor der Nonne und vor den Gespenstern Angst hatte, und ihn lachen und mich hänseln zu hören, wie er es früher tat. Aber konnte er überhaupt noch lachen? Vielleicht lachte er nicht mehr und war wie verrückt geworden vom Trinken. Da kamen mir die Tränen, und ich begann zu weinen und zu schreien, im Nachthemd aufrecht mitten im Zimmer, die Hände vors Gesicht geschlagen. Die Tante erwachte und sprang aus dem Bett, zündete eine Kerze an und fragte mich, was mir passiert sei. Ich sagte ihr, ich fürchtete mich. Sie sagte, ich solle aufhören mit den Dummheiten und mich wieder ins Bett legen und schlafen.

Santas Verlobter kam auf Urlaub, ein großer Kerl mit terracottafarbenem Gesicht, der sich beim Sprechen schämte. Santa fragte mich, ob mir ihr Verlobter gefiele.

»Nein«, antwortete ich.

»Vielleicht gefallen dir nur Männer mit Schnauzbart«, sagte sie.

»Nein«, erwiderte ich, »es gibt auch welche ohne Schnauzbart, die mir gefallen.« Und ich dachte an Nini, und wieder bekam ich Lust, mit ihm zusammenzusein, weit weg von Santa und der Tante, am Fluß zu liegen mit meinem blauen Kleid, das ich im Sommer trug. Ich hätte gern gewußt, ob er mich immer noch so liebhatte. Aber jetzt war ich so häßlich und komisch, daß ich mich geschämt hätte, ihm unter die Augen zu treten. Ich schämte mich sogar vor Santas Verlobtem.

Santa war wütend auf mich, weil ich ihr gesagt hatte, daß mir ihr Verlobter nicht gefiel. Mehrere Tage lang redete sie nicht mit mir, bis ich sie einmal rufen und um Verzeihung bitten mußte, weil ich ihre Hilfe brauchte, um mir die Haare zu waschen. Sie setzte Wasser auf und brachte es mir, und sie küßte mich und war gerührt und sagte, wenn ich abreisen würde, könne sie sich gewiß nicht mehr daran gewöhnen, ohne mich auszukommen. Und sie wollte, daß ich ihr verspreche, ab und zu zu schreiben.

Die Sonne schien ein wenig, und ich setzte mich in den Garten, um meine Haare zu trocknen, mit einem Handtuch auf den Schultern. Plötzlich sah ich, wie sich das Gartentor öffnete und Nini hereintrat.

»Wie geht's?« sagte er. Er sah immer noch genauso aus, mit Regenmantel und schiefem Hut, den Schal um den Hals geworfen, aber er hatte einen zerstreuten, unsympathischen Ausdruck, und ich wußte nicht, was ich zu ihm sagen sollte. Und außerdem mißfiel es mir zu sehr, daß er sah, wie ich geworden war. Er sagte, ich solle aus dem Garten herauskommen und draußen mit ihm spazierengehen, weil er keine Lust habe, mit der Tante reden zu müssen. Ich nahm das Handtuch ab und folgte ihm nach draußen, und wir wanderten eine Weile auf dem harten, gefrorenen Schnee über die kahlen Weinberge.

»Wie geht's?« sagte ich zu ihm.

»Schlecht«, antwortete er. »Im Februar heiratest du?«
»Ja, im Februar.«
»Kommt Giulio oft hierher?«
»Nein. Er war noch nie da.«
»Und bedauerst du es, daß er nie kommt?«

Ich antwortete nicht, und er blieb vor mir stehen und sah mir tief in die Augen.

»Nein, du bedauerst es nicht. Nicht einmal an ihm liegt dir etwas. Eigentlich müßte ich froh darüber sein. Aber es tut mir nur noch mehr weh. Wenn man darüber nachdenkt, ist es eine so dumme Geschichte. Es lohnte sich nicht, sich weiter zu quälen.«

Erneut blieb er stehen und wartete, daß ich etwas sagte.

»Weißt du, daß ich jetzt allein lebe?«

»Ja, ich weiß es.«

»Es geht mir gut allein. Oft spreche ich tagelang mit niemandem ein Wort. Ich komme aus der Fabrik und gehe sofort in mein Zimmer, wo ich meine Bücher habe und keiner da ist, der mich stört.«

»Hast du ein schönes Zimmer?« fragte ich ihn.

»Ach was.«

Ich rutschte aus und er stützte mich mit seinem Arm.

»Vielleicht interessiert es dich, zu erfahren, ob ich noch in dich verliebt bin. Nein, ich glaube, ich bin nicht mehr verliebt.«

»Das freut mich«, sagte ich. Aber es stimmte nicht, und ich fühlte mich vielmehr so traurig, daß es mich Mühe kostete, nicht zu weinen.

»Als ich letztes Mal zu dir kam, nachdem sie mir gesagt hatten, du seist krank, wollte ich dich fragen, ob du mich heiraten möchtest. Ich weiß nicht, wie ich auf diesen absurden Gedanken gekommen bin. Bestimmt hättest du nein gesagt, gelacht oder dich aufgeregt, aber ich hätte nicht so viel gelitten. Worunter ich gelitten habe, das war zu wissen, daß du ein Kind bekommst, daß du, mit diesem Gesicht, mit diesen Haaren, mit dieser Stimme ein Kind bekommen und es vielleicht liebhaben wirst, daß du vielleicht nach und nach eine andere wirst, und was werde ich dir dann noch bedeuten? Mein Leben wird sich nicht ändern, und ich werde weiter in die Fabrik gehen, im Sommer am Fluß baden, meine Bücher lesen. Früher war ich immer zufrieden, ich sah mir gern die Frauen an, schlenderte gern durch die Stadt, kaufte mir gern Bücher und dachte dabei an viele Dinge und kam mir sehr gescheit vor. Es hätte mir gefallen, wenn wir zusammen ein Kind gehabt hätten. Aber ich habe dir nie gesagt, wie lieb ich dich hatte, nicht einmal das. Ich hatte Angst vor dir. Was für eine dumme Geschichte das gewesen ist. Es hat keinen Zweck zu weinen«, sagte er, als er mich mit Tränen in den Augen sah. »Wein nicht. Es macht mich wütend, dich weinen zu sehen. Ich weiß, daß es dir egal ist. Jetzt weinst du, aber dann ist es dir egal.«

»Du machst dir ja jetzt auch nichts mehr aus mir«, sagte ich zu ihm.

»Nein«, erwiderte er. Es wurde allmählich dunkel. Er begleitete mich zurück bis zum Gartentor.

»Ade«, sagte er zu mir, »warum hast du mir ausrichten lassen, daß ich herkommen soll?«

»Weil ich dich sehen wollte.«

»Wolltest du sehen, wie es um mich steht? Gut steht's um mich«, sagte er zu mir, »ich trinke nur noch.«

»Getrunken hast du doch schon immer.«

»Nicht so wie jetzt. Ade. Ich habe dir nicht die Wahrheit gesagt. Ich habe dir gesagt, ich hätte dich nicht lieb. Das stimmt nicht, ich habe dich immer noch lieb.«

»Obwohl ich jetzt so häßlich bin?«

»Ja«, sagte er und lachte. »Aber du bist wirklich häßlich geworden. Ade, ich gehe.«

»Ade«, sagte ich zu ihm.

Ich fand Santa weinend in der Küche, weil Vincenzo ihr beim Abschied gesagt hatte, daß seine Familie sich ihrer Hochzeit widersetzte. Sie wollten ein anderes Mädchen mit Geld. Er hatte versprochen, sie trotzdem zu heiraten, aber die Tante sagte, er würde sich gewiß nicht dazu entschließen. Die Tante fragte mich, wo ich gewesen sei. Ich sagte ihr, daß ich mit Nini spazierengegangen war.

»Ah, der Nini. Hätte mir ruhig guten Tag sagen können. Ich habe seine Mutter sterben sehen.«

Santa wollte nicht zu Abend essen.

»Du bist wirklich dumm«, sagte die Tante zu ihr, »wieso hast du es denn so eilig mit dem Heiraten? Hier zu Hause hast du alles, was du brauchst. Wenn eine Frau heiratet, fangen ihre Probleme an. Die Kinder schreien, der Mann will bedient werden, die Schwiegereltern machen ihr das Leben schwer. Wenn du Vincenzo nehmen würdest, dann müßtest du frühmorgens aufs Feld gehen und hacken und mähen, weil sie Bauern sind. Würdest schon sehen, was das für ein Spaß ist. Ein Mädchen versteht nichts vom Leben. Was gibt es Besseres für dich, als hier zu Hause bei deiner Mutter zu sein?«

»Ja, aber später?« antwortete Santa schluchzend.

»Später? Später, du meinst, wenn ich tot bin? Hast du es so eilig, mich sterben zu sehen? Ich werde neunzig, um dich zu ärgern«, rief die Tante und schlug ihr mit dem Rosenkranz auf den Kopf.

»Mit deiner Cousine ist es anders«, fuhr sie nach einer Weile fort, während Santa sich die Augen trocknete. »Ihr ist ein Unglück zugestoßen. Du wirst mir doch nicht auch einen bösen Streich gespielt haben?«

»Nein, nein, ich schwöre es.«

»Das will ich hoffen. In meinem Haus hat man so etwas noch nie gesehen. Aber manchmal wirkt das schlechte Beispiel ansteckend, so wie bei fauligem Obst.

Wenn Delia meine Tochter wäre, hätte ich ihr heute abend ein paar Ohrfeigen gegeben. In deinem Zustand geht man nicht mit einem jungen Mann spazieren«, sagte sie zu mir, »so wie du heute mit Nini. Egal, ob ihr zusammen aufgewachsen seid. Das können ja nicht alle wissen.«

Ich antwortete ihr nicht, sondern begann Santa zu trösten und sagte zu ihr:

»Kopf hoch, wenn ich erst verheiratet bin, suche ich dir auch einen Mann.«

»Na, na«, sagte die Tante zu mir, »du brauchst auch nicht so siegesgewiß daherzureden. Ich habe gehört, daß dein Verlobter gar nicht daran denkt, dich zu heiraten, und immer mit einem Fräulein herumläuft. Verschiedene Leute haben mir das gesagt, und ich glaube es. Wieso kommt er dich sonst nicht besuchen, alle sind sie gekommen, sogar dieser verrückte Nini, warum ist ausgerechnet er nie gekommen.«

»Wenn er doch lernen muß«, sagte ich zu ihr.

»Ich weiß nicht, ich wiederhole nur, was ich gehört habe. Man sieht ihn mit einem Fräulen, so wurde mir gesagt. Du Einfaltspinsel sitzt hier und wartest darauf, daß er kommt und dich heiratet, und er dagegen erinnert sich nicht einmal mehr, wer du bist.«

»Das ist nicht wahr«, sagte ich zu ihr.

»Warum fragst du ihn nicht selbst, ob es wahr ist. Geh hin und sag ihm, daß er dich heiraten muß, jetzt, wo er dich ruiniert hat, weil du sonst einen Skandal machst. Den Männern muß man Angst einjagen. Das wird hübsch werden, wenn du ein Kind auf dem Arm hast und dir deinen Lebensunterhalt verdienen mußt. Denn dein Vater nimmt dich nicht mehr zu Hause auf, das versichere ich dir.«

Sie ging, und ich blieb mit Santa allein. Santa sagte zu mir:

»Wie unglücklich wir doch beide sind«, und wollte,

daß wir uns umarmen und zusammen weinen, aber ich hatte keine Lust, sie neben mir zu haben. Ich lief ins Zimmer hinauf und schloß mich ein. Ich weinte nicht, sondern blickte stumm in die Dunkelheit und dachte, daß er recht hatte, mich nicht heiraten zu wollen. Weil ich jetzt häßlich geworden war, der Nini hatte es ja auch gesagt, und außerdem hatte ich ihn nicht lieb, ich machte mir gar nichts aus ihm. ›Für mich wäre es besser zu sterben‹, dachte ich, ›ich war zu dumm, habe zuviel Unglück gehabt. Jetzt weiß ich nicht mehr, was ich möchte.‹ Doch das einzige, was ich wollte, war vielleicht, wieder so zu werden wie früher, mein blaues Kleid anzuziehen und jeden Tag fortzulaufen in die Stadt und nach dem Nini zu suchen, um zu sehen, ob er in mich verliebt war, und auch mit Giulio in die Pineta zu gehen, aber ohne ihn heiraten zu müssen. Doch all das war vorbei und konnte nicht wieder beginnen. Und als mein Leben so war, tat ich nichts, als zu denken, daß ich mich langweilte, und auf etwas anderes zu warten, und hoffte, daß Giulio mich heiratete, um von zu Hause wegzukommen. Jetzt wünschte ich mir nicht mehr, ihn zu heiraten, und erinnerte mich, wie oft ich mich gelangweilt hatte, wenn er mit mir sprach, und wie oft er mich geärgert hatte. ›Aber es ist zwecklos‹, dachte ich, ›es ist zwecklos, und wir müssen heiraten, und wenn er mich nicht will, bin ich für immer ruiniert.‹

Am nächsten Tag kam meine Mutter und fand mich mit Fieber, weil ich mich erkältet hatte, als ich bis spät mit dem Nini durch die Gegend lief, sagte die Tante zu ihr. Im Zimmer war es zu kalt, und ich saß in der Küche auf meinem gewohnten Platz, die Beine fast im Feuer. Ich klapperte mit den Zähnen und klagte über das Fieber, das ich in mir spürte. Mein Kopf war wirr, und ich begriff nicht recht, was meine Mutter sagte. Meine Mutter erzählte, es habe erneut eine Szene zwischen Giulio und meinem Vater gegeben, weil Giulio gesagt hatte, das Kind könne auch von einem anderen sein.

»Wärst du keine solche Herumtreiberin gewesen, hättest du solche Worte nicht gehört«, sagte meine Mutter zu mir.

»Das stimmt«, sagte die Tante, »und gestern ist sie auch mit dem Nini spazierengegangen, und so hat sie Fieber bekommen, weil sie so lang in der Kälte draußen war. Mir ist es ja egal, es tut mir nur leid, daß ich sie hier habe. Denn wenn der schlechte Ruf an meiner Tochter hängenbleibt, wie kriegt sie ihn dann je wieder los?«

Doch ich sagte, sie sollten weggehen und mich in Ruhe lassen, weil mir alle Knochen weh taten. Die Tante sagte zu meiner Mutter, ich müsse selbst mit Giulio sprechen, wenn er es sei, der mich nicht wolle, und auch meine Mutter sagte, ich müsse mit ihm sprechen, und gab mir seine Adresse in der Stadt, die sie heimlich vom Dienstmädchen erhalten hatte. Dann eilte sie rasch davon, um zu Hause zu sein, bevor mein Vater heimkam, weil mein Vater nicht wollte, daß sie mich besuchte, und sagte, auch wenn ich tot wäre, wolle er es nicht wissen.

So machte ich mich eines Tages, als ich wieder gesund war, fertig, um in die Stadt zu gehen, nahm das Geld, das meine Mutter mir dagelassen hatte, und ein Päckchen Kuchen, den die Tante gebacken hatte und den ich Giulio mitbringen sollte, doch als ich im Postbus saß, schenkte ich den Kuchen einer Frau. Die ganze Zeit im Bus dachte ich nur an die Stadt, die ich lange nicht mehr wiedergesehen hatte, und es gefiel mir auch, aus dem Fenster zu schauen und die Leute zu betrachten, die einstiegen, und zu hören, worüber sie redeten. Es war immer noch schöner als in der Küche, denn die traurigen Gedanken verschwanden angesichts so vieler Leute, die mich nicht kannten und nichts von meinen ganzen Geschichten wußten. Es freute mich, die Stadt mit den Bogengängen und dem Corso zu sehen, und ich sah mich um, ob der Nini zufällig da wäre, aber um diese Zeit mußte er in der Fabrik sein. Ich kaufte mir Strümpfe und ein Parfüm, das ›Notturno‹ hieß, bis mir kein Geld mehr blieb. Und dann ging ich zu Giulio. Seine Vermieterin, eine mit Schnurrbart, die beim Gehen das Bein nachzog, sagte zu mir, er schlafe und sie traue sich nicht, ihn zu wecken, aber wenn ich ein bißchen wartete, würde er aufstehen. Sie führte mich ins Wohnzimmer und öffnete die Fensterläden, setzte sich zu mir und begann, mir von ihrem Bein zu erzählen, das angeschwollen war, nachdem sie von der Leiter gefallen war, sie erzählte mir, wie sie es behandeln ließ und wieviel Geld sie dafür ausgeben mußte. Als sie hinausging, um dem Milchmann zu öffnen, zog ich schnell meine Strümpfe aus und streifte die neuen über, die ich gekauft hatte, und die alten, die kaputt waren, rollte ich zusammen und stopfte sie in die Tasche. Danach setzte ich mich wieder hin und wartete, bis die Vermieterin mich rufen kam, und ich fand Giulio in seinem Zimmer noch so verschlafen, daß er nicht begriff, wer ich war. Dann begann er, ohne Schuhe umherzugehen und seine Krawatte und seine Jacke zu suchen, und ich blätterte in seinen Büchern auf dem Tisch, aber er sagte zu mir, ich solle aufhören und nichts anfassen.

»Wer weiß, warum du gekommen bist«, sagte er, »ich habe zu tun und es ist sehr bedauerlich, wenn ich Zeit verliere. Und was werden sie außerdem hier im Haus sagen, ich werde gewiß erklären müssen, wer du bist.«

»Du wirst sagen, daß wir heiraten müssen«, sagte ich zu ihm, »oder willst du nicht mehr, daß wir heiraten?«

»Du hast Angst, daß ich weglaufe«, sagte er voller Wut zu mir, »sei nur beruhigt, jetzt kann ich dir nicht mehr weglaufen.«

»Hör zu«, sagte ich mit unbewegter, leiser Stimme, die nicht mir zu gehören schien. »Hör zu, ich weiß, daß dir nichts mehr an mir liegt. Und mir liegt auch nichts an dir. Aber heiraten mußt du mich, weil ich mich sonst in den Fluß stürze.«

»Oh«, sagte er, »das hast du in irgendeinem Roman gelesen.«

Aber er war ein wenig erschrocken und sagte zu mir, ich dürfe nicht mehr solche Dummheiten reden, und rief der Vermieterin zu, sie solle einen Kaffee machen. Nachdem ich den Kaffee getrunken hatte, trug er die Tassen hinaus und schloß dann die Tür ab und sagte zu mir, anstatt zu reden, könnten wir die Zeit besser verbringen.

Als ich durch die Fensterscheiben sah, daß es dunkel war, sagte ich zu ihm, mein Postbus sei schon abgefahren, daraufhin schaute er auf die Uhr und sagte, ich solle mich beeilen mit dem Anziehen, vielleicht könnten wir es noch schaffen, ihn zu erreichen.

»Wo bringe ich dich sonst heute nacht unter«, sagte er zu mir, »ich denke gar nicht daran, dich hierzubehalten, das Hinkebein würde es in der ganzen Stadt herumerzählen.«

An der Bushaltestelle wurde er wütend auf mich, weil ich die Fahrkarte nicht fand, und dann, weil mir in der Eile die Tasche herunterfiel und die Strümpfe zum Vorschein kamen, die ich im Wohnzimmer ausgezogen hatte, und er sagte zu mir:

»Du bist doch immer noch dieselbe. Du wirst nie lernen, wie man lebt.«

In der Nacht vor meiner Hochzeit weinte ich ununterbrochen, und die Tante wollte, daß ich mir zwei Stunden lang kalte Tücher aufs Gesicht legte, damit man es nicht so deutlich sähe. Dann wusch sie mir die Haare mit einem Ei und strich mir eine Creme auf die Hände, weil sie rot und rissig waren. Es war eine Creme, die die Contessa immer benutzte. Aber jedesmal, wenn jemand mit mir sprach, weinte ich, und ich war mitleiderregend mit den frischgewaschenen Haaren, die mir nach allen Seiten fielen, den verweinten Augen und dem zitternden Mund.

Am Morgen kamen mein Vater und meine Mutter auf einem Karren, und etwas später kamen die Kleinen zu Fuß, in der Hoffnung, etwas zu essen zu bekommen. Aber sie waren so schmutzig, daß die Tante sie nicht in die Kirche hineinließ. Giovanni hatten sie nicht gefunden, weil er schon in die Stadt gesaust war, und Azalea war mit ihren Kindern am Meer, wo sie sich nach einer Krankheit erholen sollten. Sie hatte mir einen Brief geschrieben, in dem sie mir zu verstehen gab, daß sie mit ihrem Geliebten dort sei und keine Lust habe abzureisen. Später kamen Giulio und sein Vater. Giulio war kaum wiederzuerkennen in dem langen Mantel, den er trug, mit den Handschuhen, die er in der Hand hielt, und den glänzenden Schuhen. Die Tante lieh sich einige Stühle aus, weil bei ihren das Stroh durchgesessen war.

In der Kirche verstand ich kein einziges Wort von dem, was der Priester sagte. Ich starb vor Angst, daß mir auf einmal schlecht würde, vom Herzklopfen und dem Weihrauchgeruch. Die Kirche war erst vor kurzem gestrichen worden und war so kahl und leer, daß sie gar nicht wie eine Kirche wirkte. Meine Mutter hatte sich ein Kohlebecken mitgebracht, und die Tante blickte unausgesetzt zur Tür im Gedanken an das Mittagessen, das sie auf dem Feuer hatte. Santa weinte vor Schmerz, daß nicht sie es war, die heiratete, und auch ich weinte und konnte nicht mehr aufhören. Ich weinte während der gesamten Dauer des Mittagessens, das die Tante zubereitet hatte. Doch die anderen taten, als sähen sie mich nicht, und begannen, untereinander über Dinge zu reden, die mich nichts angingen.

Als mein Vater aufbrechen wollte, schob mich die Tante vor ihn hin und sagte zu mir, ich solle ihn um Verzeihung bitten für den Kummer, den ich ihm bereitet hatte. Verlegen küßte er mich und wandte den Kopf ab. Er hatte sich in jenen Monaten sehr verändert und einen stets beleidigten, trauigen Ausdruck bekommen. Er trug jetzt eine Brille und schien nicht mehr dieselbe Person zu sein, die mich damals wegen Giulio verprügelt hatte. Es war, als hätte ihn jede Kraft, zu schlagen, zu schreien und wütend zu werden, verlassen. Er warf mir schräge Blicke zu, ohne etwas zu mir zu sagen. Es schien, als schämte er sich meiner.

Nach dem Essen fuhren alle wieder ab, und nur Giulio blieb. Wir gingen zusammen ins Schlafzimmer hinauf, und er sagte mir, daß ich bei der Tante bleiben müsse, bis das Kind geboren war. Ab und zu würde er mich besuchen, aber nicht zu oft. Weil er vom Studium erschöpft sei, und auch ich müsse viel ruhen und dürfe nicht denken, daß es ein Scherz sei, ein Kind zu gebären. Er sagte, ich solle mich hinlegen, um mich von der Aufregung zu erholen, die ich in der Kirche empfunden hätte, ließ mich allein und ging hinunter in die Küche zu Santa, die die Gläser trocknete.

Eines Sonntags besuchte er mich dann. Er war wieder gekleidet wie zur Jagd, mit schwarzen Stiefeln und vorn aufgeknöpfter Jacke wie früher, wenn ich ihn im Dorf sah. Ich fragte ihn, ob er schon eine Wohnung gefunden habe.

»Welche Wohnung«, sagte er zu mir, »wir brauchen keine Wohnung zu finden, weil wir bei meiner Familie wohnen werden und meine Mutter das Zimmer schon bereithält.«

»Ach wirklich?« sagte ich zu ihm, und meine Stimme zitterte vor Wut. »Aber ich will nicht mit deiner Mutter zusammen wohnen. Ich sterbe lieber, als jeden Tag deine Mutter zu sehen.«

»Ich erlaube dir nicht, so zu reden«, sagte er zu mir. Und er fügte hinzu, daß er bald eine Praxis in der Stadt haben werde, ich aber bei seinen Eltern im Dorf wohnen müsse, weil das Leben zu teuer sei und wir nicht die Mittel hätten, um alleine zu wohnen.

»Dann wäre es besser gewesen, nicht zu heiraten«, sagte ich zu ihm.

»Natürlich wäre es besser gewesen«, sagte er, »aber ich habe dich geheiratet, weil du mir leidgetan hast. Hast du schon vergessen, daß du dich in den Fluß stürzen wolltest?«

Ich sah ihn durchdringend an und ging. Rasch durchquerte ich den Garten, ohne der Tante zu antworten, die mich fragte, wo zum Teufel ich hinwolle. Ich begann, über die Weinberge zu wandern, wie an jenem Tag mit Nini, und machte einen langen Spaziergang, die Hände in den Taschen, während der Wind mir ins Gesicht bließ. Als ich zurückkehrte, war Giulio fort.

»Du Aas«, sagte die Tante zu mir, »du verstehst es, dir Achtung zu verschaffen. Im Vorübergehen habe ich euch streiten gehört. Aber es ist noch etwas früh zum

Streiten. Du wirst es ihm noch hübsch zeigen, wenn du so weitermachst.«

Nach ein paar Tagen kam Giulio mit einigen Stoffstücken wieder, aus denen ich mir Kleider machen lassen sollte, und sagte zu mir, er wolle die Sache mit der Stadt noch einmal überdenken.

»Ich leg mich sogar mit meinen Eltern an, nur damit du zufrieden bist«, sagte er, »aber verdient hättest du es nicht, weil du zu böse bist.«

Die Tante kam und sah sich die Stoffe an, zog eine Modezeitschrift hervor und sagte, sowie ich niedergekommen sei, würde sie sich an die Arbeit machen. Doch Giulio antwortete ihr daraufhin, er wolle diese Stoffe zu einer Schneiderin in der Stadt bringen. Die Tante wurde rot und war beleidigt und sagte zu uns, wir sollten das Zimmer verlassen und in die Küche gehen, weil sie einen Schrank aufräumen müsse. »Und schließlich ist das immer noch mein Haus«, sagte sie zu uns.

Giulio sagte zu mir, wenn ich in der Stadt wohnen wolle, müsse ich elegant sein. Aber mich so zu kleiden wie Azalea, würde er mir nicht erlauben, sagte er. Denn Azalea trage so extravagante Sachen, daß sich auf der Straße alle nach ihr umdrehten, wenn sie vorbeiging. Er wolle nicht, daß mir das auch passiere. Aber elegant müsse ich schon sein, denn wenn sich eine Frau vernachlässige, mache es keinen Spaß, mit ihr auszugehen. Um ihn zu ärgern, sagte Santa zu ihm, die Stoffe habe er schlecht ausgewählt, weil sie nicht die Modefarben hätten.

»Die Leute, die immer nur Zwiebeln um sich herum sehen, kennen sich mit Mode besonders gut aus«, erwiderte Giulio.

»Mode bedeutet, sich zu kleiden wie die anderen, ohne diese Menschenfresserstiefel, über die ich schon lachen muß, wenn ich sie nur aus einem Meter Entfernung sehe«, gab Santa zurück.

Sie waren beide gekränkt, und Giulio sprach weiter mit mir, als ob wir allein miteinander wären. Er sagte zu mir, wenn ich in der Stadt wohnte, müsse man ab und zu Gäste empfangen, und ich müsse lernen, Gäste zu empfangen und viele andere Sachen, denn manchmal schiene es, als käme ich vom Mond. Ich blickte ihn an, um zu sehen, ob er dabei ans Le Lune dachte, das Hotel, das ›Die Monde‹ hieß. Er jedoch dachte überhaupt nicht daran, und es war, als erinnerte er sich gar nicht mehr, daß er mich ins Le Lune mitgenommen hatte, wo auch die Nutten hingingen, es war, als erinnerte er sich nicht mehr an die Zeit, bevor wir verheiratet waren, und an seine geringe Lust, mich zu heiraten, und an das Geld, das ich nehmen sollte, um mit dem Kind, das ich von ihm hatte, bloß irgendwohin zu verschwinden. Jetzt sprach er oft über unser Kind mit mir, darüber, wie er sich das Gesicht vorstellte, das es haben würde, und über einen zusammenklappbaren Kinderwagen neuen Typs, den er gesehen hatte und den man kaufen müsse.

Die Wehen setzten in der Nacht ein. Die Tante stand auf und holte die Hebamme und schickte Santa zu ihrer Patin, weil sie sagte, ein Mädchen dürfe nicht sehen, wie ein Kind geboren wird. Santa dagegen wollte bleiben, weil sie kaum erwarten konnte, das Kind zu küssen und ihm ein Häubchen mit hellblauen Bändern aufzusetzten, das sie für es gestickt hatte. Gegen Morgen kam meine Mutter, auch sie mit Häubchen und Bändern. Doch ich war außer mir vor Angst und Schmerz, war schon zweimal ohnmächtig geworden, und die Hebamme sagte, man müsse mich unverzüglich ins Krankenhaus in die Stadt bringen.

Während das Auto auf die Stadt zuraste und meine Mutter mich weinend ansah, betrachtete ich das Gesicht meiner Mutter und dachte, daß ich bald sterben würde. Ich zerkratzte die Hände meiner Mutter und schrie.

Ich bekam einen Jungen, und sie tauften ihn sofort, weil es schien, als müsse er sterben. Doch am nächsten Morgen ging es ihm gut. Ich war schwach und hatte Fieber, und man hatte mir gesagt, ich dürfe nicht stillen. Ich blieb nach der Geburt des Kindes noch einen Monat im Krankenhaus. Um meinen Sohn kümmerten sich die Nonnen, und sie gaben ihm Milch mit der Flasche. Ab und zu brachten sie ihn mir, häßlich wie der Hunger, mit dem Häubchen, das Santa ihm gestickt hatte, mit seltsam langen Fingern, die er ganz langsam bewegte, und einem geheimnisvollen, starren Gesichtsausdruck, als wäre er dabei, etwas zu entdecken.

Am Tag nach der Geburt besuchte mich meine Schwiegermutter und legte sich sofort mit einer Nonne an, weil das Kind schlecht gewickelt war. Dann setzte sie sich kerzengerade hin, die Tasche in der Hand, mit ihrem langen, betrübten Gesicht, und sagte zu mir, als sie niedergekommen war, habe sie viel mehr gelitten als ich. Die Ärzte hätten sie gelobt für ihre Tapferkeit. Trotz der Meinung der Ärzte habe sie damals darauf bestanden, stillen zu wollen. Sie sagte, sie habe den ganzen Tag geweint, weil sie erfahren habe, daß ich nicht stillte. Sie kramte in ihrer Handtasche nach dem Taschentuch und trocknete sich die Tränen.

»Es ist traurig, wenn man dem Kind die Mutterbrust verweigert«, sagte sie zu mir. Aber sie fügte hinzu, daß ich sowieso keinen schönen Busen hätte. Sie trat heran und sah mir unter das Nachthemd. Mit so einem Busen könne ich nicht stillen. Ich wurde wütend und sagte ihr, daß ich schlafen wolle, weil ich müde sei und Kopfschmerzen hätte. Daraufhin fragte sie mich, ob ich beleidigt sei, streichelte mich am Kinn und sagte, sie sei vielleicht etwas zu ehrlich. Sie zog eine Packung Datteln hervor und schob sie mir unter das Kopfkissen.

»Nenn mich Mama«, sagte sie im Hinausgehen.

Als sie fort war, aß ich nacheinander alle Datteln auf und legte die Schachtel beiseite, weil ich dachte, ich könne sie brauchen, um Handschuhe darin aufzubewahren. Und dann dachte ich an bestimmte Handschuhe, die ich mir nach dem Krankenhaus kaufen würde, aus weißem Leder mit schwarzen Nähten, wie Azalea sie hatte, und an all die Kleider und Hüte, die ich mir machen lassen wollte, um elegant zu sein und meine Schwiegermutter zu ärgern, die sagen würde, daß ich das Geld hinauswarf. Aber ich war traurig, weil meine Schwiegermutter gekommen war und ich sie jetzt gewiß immer um mich haben würde, und weil mir schien, das Kind sehe ihr ähnlich. Als sie mir das Kind brachten und es neben mich ins Bett legten, sagte ich mir, es sehe ihr wirklich ähnlich und ich hätte es deshalb nicht lieb. Es machte mich traurig, diesen Jungen auf die Welt gebracht zu haben, der das lange Kinn meiner Schwiegermutter hatte und auch Giulio ähnlich sah, von mir aber gar nichts hatte. ›Wenn ich Giulio liebhätte, hätte ich auch das Kind lieb‹, dachte ich, ›aber so kann ich es nicht liebhaben.‹ Dennoch war an seinen weichen, feuchten Haaren, an seinem Körper und seinem Atem etwas, das mich anzog und mir im Gedächtnis blieb, wenn sie es wegtrugen. Ihm war es gleich, ob ich es liebhatte, ob ich traurig oder fröhlich war und was ich mir kaufen wollte und welchen Gedanken ich nachhing, und es dauerte mich zu sehen, wie klein und dumm es noch war, denn es wäre schön gewesen, wenn ich mit ihm hätte sprechen können. Es mußte niesen, und ich deckte es mit dem Schal zu. Und voll Staunen erinnerte ich mich, daß ich es in mir getragen hatte, daß es so lange unter meinem Kleid gelebt hatte, als ich mit der Tante in der Küche saß und als der Nini mich besucht hatte und wir zusammen spazierengegangen waren. Warum ließ Nini sich nicht blicken? Aber es war besser, daß er noch nicht kam, denn ich war noch zu schwach und müde, und jedesmal, wenn ich mich beim Sprechen erregte, tat mir der Kopf weh. Und außerdem hätte er etwas Böses über das Kind gesagt.

Giulio kam immer gegen Abend zu mir, wenn die Nonnen beteten und neben meinem Bett eine kleine Lampe mit seidenem Lampenschirm brannte. Wenn er kam, begann ich sofort zu jammern, daß ich mich nicht wohl fühlte, daß mein ganzer Körper schmerzte, als hätten sie mich geschlagen und getreten, und es stimmte, aber ich genoß es auch, ihn zu erschrecken. Und dann fügte ich hinzu, ich hätte genug davon, im Krankenhaus zu liegen, die Stunden vergingen einfach nie, und sagte zu ihm, eines schönen Tages würde ich davonlaufen, um ins Kino zu gehen. Dann fing er an mich zu bitten, ich möge Geduld haben, und tröstete mich und versprach, mir ein Geschenk mitzubringen, wenn ich ihn nicht zur Verzweiflung triebe. Jetzt war er zärtlich zu mir und sagte, er würde alles geben, wenn ich nur zufrieden wäre, und er habe schon eine Wohnung in der Stadt gemietet, mit Aufzug und allem Nötigen.

Es war nicht wahr, daß es mir nicht gefiel, im Krankenhaus zu liegen, es gefiel mir, weil ich nichts tun mußte, hinterher dagegen würde ich das Kind wiegen und ihm die Milch zubereiten und ihm alle Augenblicke den Popo waschen müssen. Jetzt wußte ich nicht einmal genau, wie man es wickelte, und außerdem erschrak ich, wenn es schrie, weil es rot und blau anlief und aussah, als würde es platzen. Aber manchmal packte mich die Wut, weil ich nicht aufstehen und in den Spiegel schauen und Kleider anziehen und hinausgehen durfte, um die Stadt zu sehen, jetzt, wo ich Geld hatte. Es gab Tage, an denen es mir nicht gelang, die Langeweile zu verjagen, und dann begann ich zu warten, daß jemand käme. Meine Mutter besuchte mich fast nie, weil sie zu tun hatte und auch weil sie zu schlecht gekleidet war, um sich in der Stadt zu zeigen. Sie war nun nicht mehr so zufrieden über meine Hochzeit und hatte mit Giulio gestritten, als sie ihn gebeten hatte, ihr Geld zu leihen, und er es abgelehnt hatte. Das hatte meine Mutter ihm nicht verziehen und schmollte auch mit mir.

Eines Tages kam Azalea, die soeben vom Meer zurückgekehrt war, und sie trug Sandalen und ihre Nase schälte sich. Aber sie war traurig, weil es nicht mehr so gut lief mit ihrem Geliebten und er wahnsinnig eifersüchtig war und nicht wollte, daß sie tanzen ginge, und sie immerzu zankten.

»Wie geht's deinem Kind?« sagte sie.

Ich fragte, ob sie es sehen wolle, aber sie sagte, ihre eigenen Kinder genügten ihr, und als sie noch ganz klein waren, hätte sie sich immer vor ihnen geekelt.

»Wie geht's mit deinem Mann«, sagte sie zu mir. »Du hast ganz recht gehabt, ihm nicht seinen Willen zu lassen, denn wenn er dich zu seiner Mutter gesteckt hätte, hättest du was erleben können und keinen Pfennig mehr gesehen. Mit den Männern muß man immer machen, was man will, denn wenn man so dumm ist nachzugeben, nehmen sie dir auch noch die Luft weg, die du atmest.«

Am nächsten Tag brachte sie ihre Schneiderin mit, obwohl ich ihr erklärt hatte, daß sie noch nicht Maß nehmen könne, weil ich mich nicht aus dem Bett bewegen durfte. Doch Azalea versicherte mir, die Schneiderin sei nur mitgekommen, um mich kennenzulernen und mit mir darüber zu reden, was gerade Mode sei. Dann fing sie an zu drängen, ich solle aufstehen, ich hätte doch überhaupt nichts mehr und es gehe mir viel besser als ihr.

Als ich zum ersten Mal aufstand und einen rosa Morgenrock mit Schwan überzog, den Azalea sich ausgedacht hatte, fühlte ich mich glücklich, und während ich ganz langsam mit Giulio im Flur des Krankenhauses umherging, sah ich aus den großen Fenstern, die auf den Corso hinausgingen. Es hätte ja sein können, daß der Nini vorbeiging. Ich setzte mich vor die Fenster und blickte hinaus, ob ich ihn vorbeikommen sähe, dann hätte ich ihn gerufen und ihm gesagt, er solle mich besuchen, und wir hätten angefangen zu zanken und uns zu unterhalten. Jetzt hatte er mich bestimmt nicht mehr lieb, nachdem so viel Zeit vergangen war, und auch wenn er mich immer noch liebhatte, war es nicht richtig, sich nicht mehr zu sehen. Aber ich sah ihn nicht vorbeikommen und wurde von Schwermut erfaßt und stritt mit den Nonnen, weil sie wollten, daß ich wieder ins Bett ginge.

Die Wahrheit sagte mir Giovanni, als er mit einer kleinen Trompete als Geschenk für das Kind ankam, als hätte es schon darauf spielen können. Er hielt eine Ledermappe in der Hand und erzählte, daß er jetzt mit einem Tuchhändler arbeite und herumreise, um Stoffe anzubieten. Aber er hatte einen matten, erschrockenen Gesichtsausdruck, als habe er gerade eine böse Geschichte hinter sich, und fuchtelte beim Reden mit den Armen, ohne mich anzusehen, als verberge er etwas vor mir. ›Antonietta wird ihn verlassen haben‹, dachte ich. Ich fragte ihn, was geschehen sei.

»Nichts«, erwiderte er. Aber er ging weiter die Hände schüttelnd auf und ab und blieb plötzlich mit dem Rücken zu mir vor der Wand stehen. »Der Nini«, sagte er, »ist gestorben.«

Ich legte das Kind weg, das ich im Arm hielt.

»Ja, er ist tot«, sagte er und begann zu weinen, und ich sank kraftlos auf einen Stuhl, während mir der Atem stockte. Dann beruhigte er sich nach und nach und trocknete sein Gesicht und sagte, sie hätten ihm gesagt, ich dürfe es nicht wissen, weil es mir noch nicht sehr gut gehe, aber der Nini sei schon viele Tage tot. An einer Lungenentzündung sei er gestorben. Doch Antonietta sage, es sei meine Schuld. Sie behaupte, ich sei zu hartherzig, denn der Nini sei schon lange in mich verliebt gewesen, schon, als er noch mit ihr zusammen war, und ich hätte ihn so gequält und ihn immer wieder besucht, auch, als ich schon wußte, daß ich schwanger war und heiraten sollte. Da habe er den Kopf verloren und nur noch das Leben eines Verzweifelten geführt in diesem Zimmer, das aussah wie ein Schweinestall, nicht mehr geschlafen, nicht mehr gegessen und sich immer betrunken. Antonietta sage, wenn sie mich eines Tages zufällig träfe, würde sie mich vor allen Leuten bloßstellen. Doch Giovanni sagte zu mir, es sei nichts Wahres daran, weil der Nini ein zu kalter Typ gewesen sei, der sich nicht für Frauen interessierte und dem nur das Trinken am Herzen lag. Als er ihn angetroffen habe, wie er auf dem Bett lag und phantasierte, habe er geglaubt, er sei betrunken, und den Wasserkrug über ihm ausgeleert, und Antonietta sage, das habe ihn noch kränker gemacht. Denn Giovanni war dann Antonietta holen gegangen, und Antonietta hatte sofort gesagt, das sehe nach Lungenentzündung aus. Sie hatten einen Doktor gerufen, und drei Tage lang hatte Antonietta dem Nini Breiumschläge auf dem Rücken gemacht, wie der Doktor es befohlen hatte, und sie hatte das Zimmer gesäubert und Decken von sich zu Hause mitgebracht. Aber der Nini schnaufte laut beim Atmen und hörte nicht mehr auf zu phantasieren und wollte sich aus dem Bett werfen, und man mußte ihn mit Gewalt festhalten, bis er gestorben war.

Am Abend, als Giulio kam, fand er mich in Tränen aufgelöst, ich weinte und ging im Zimmer umher und wollte mich nicht wieder ins Bett legen. Auf dem Tisch stand das Abendessen, das die Nonne mir gebracht hatte, die Suppe schon kalt in dem Teller, den ich nicht angerührt hatte.

»Was ist passiert?« fragte er.

»Der Nini ist tot«, sagte ich, »Giovanni hat es mir gesagt.«

»Dieses Schwein von Giovanni«, sagte er, »wenn ich ihn treffe, schlage ich ihm die Fresse ein.«

Er nahm mich am Handgelenk und sagte, ich hätte Fieber, und bat mich, ins Bett zurückzukehren. Doch ich antwortete nicht und weinte weiter, und er sagte zu mir, er schäme sich, wenn mich die Nonnen so sähen, halbnackt, wie ich sei, mit vorne ganz offenem Morgenrock, und ob ich mir auch eine Lungenentzündung holen und in die andere Welt hinübergehen wolle wie der Nini. Er war beleidigt und rief Azalea an, sie solle kommen, und las dann die Zeitung, ohne mich noch einmal anzusehen.

Azalea kam und sagte zu ihm, er solle im Restaurant zu Abend essen, und daraufhin ging er und sagte, er lasse uns allein mit unseren Geheimnissen, denn er zähle ja sowieso nicht und werde nicht gebraucht.

»Er ist eifersüchtig«, sagte Azalea, als er fort war, »alle sind sie eifersüchtig.«

»Der Nini ist tot«, sagte ich zu ihr.

»Das ist keine Neuigkeit«, sagte sie zu mir, »er ist tot. Ich habe auch geweint, als ich es erfahren habe. Dann habe ich gedacht, daß es besser ist für ihn. Ginge es mir doch auch bald so. Ich habe genug vom Leben.«

»Ich bin schuld an seinem Tod«, sagte ich zu ihr.

»Du?«

»Weil er mich liebhatte«, sagte ich zu ihr, »und ich ihn quälte und es mir Spaß machte, ihn leiden zu sehen, bis er angefangen hat, mehr zu trinken als vorher und immer allein in seinem Zimmer zu sein, und ihm nichts mehr wichtig war, nachdem er erfahren hatte, daß ich heiratete.«

Azalea aber sah mich an, ohne mir zu glauben, und sagte beinahe ärgerlich:

»Wenn einer stirbt, setzt man sich immer irgendwas in den Kopf. Der Nini ist gestorben, weil er krank war, und du kannst nichts dafür, es ist sinnlos, daß du das jetzt so ausschmückst. Er machte sich gar nichts aus dir, sondern sagte immer, du seist dumm und könntest den Männern nicht widerstehen und du tätest ihm leid.«

»Er hatte mich lieb«, sagte ich zu ihr, »er nahm mich immer an den Fluß mit zum Reden. Er las mir aus seinen Büchern vor und erklärte mir, was drinstand. Einmal hat er mich geküßt. Und ich hatte ihn auch lieb. Aber ich verstand es nicht, sondern glaubte, es gefiele mir, mit ihm zu spielen.«

»Es ist sinnlos, daß du jetzt anfängst, vom Nini zu träumen«, sagte sie zu mir, »der Nini oder ein anderer, das ist dasselbe. Nur um jemanden zu haben, weil das Leben zu melancholisch ist für eine Frau, wenn sie allein ist. Der Nini war etwas weniger dumm als die anderen, das ist wahr, und außerdem hatte er so leuchtende Augen, daß man meint, sie immer noch auf sich zu spüren, aber nach einer Weile wurde er lästig, und man verstand nie, was er dachte. Mich wundert es nicht, daß er gestorben ist, schon halb verfault vom Grappa, wie er war, seltsam ist höchstens, daß er nicht früher gegangen ist.«

Giulio kehrte zurück, und Azalea eilte davon, weil es spät war und ihr Mann heimkam und Ottavia Zahnschmerzen hatte und nicht kochen konnte.

In der Nacht träumte ich, der Nini sei ins Krankenhaus gekommen, habe heimlich das Kind genommen und sei wieder weggegangen, aber ich lief hinter ihm her und fragte ihn, wohin er das Kind getan habe, und er zog es aus seiner Jacke, aber das Kind war winzig klein geworden, so klein wie ein Apfel, und plötzlich rannte der Nini eine Treppe hinauf, und Giovanni war auch da, und ich rief, aber niemand antwortete mir.

Ich erwachte ganz verängstigt und verschwitzt und sah Giulio an meinem Bett, denn es war schon Morgen, und er war früh gekommen, um nachzusehen, wie ich mich fühlte. Ich sagte ihm, ich hätte geträumt, daß der Nini mein Kind stahl.

»Nein, sie haben es nicht gestohlen«, sagte er zu mir, »da liegt es und schläft, du brauchst keine Angst zu haben, niemand kommt, um es dir wegzunehmen.«

Ich aber wiederholte ihm immer wieder, daß ich den Nini vor mir gesehen hätte, als wäre er noch lebendig, und er hätte mich berührt und mit mir gesprochen, und ich schluchzte und krümmte mich auf dem Bett. Giulio sagte zu mir, ich solle lernen, mich zu beherrschen, und nicht so nervös sein.

Wenige Tage später wurde ich aus dem Krankenhaus entlassen und zog in meine neue Wohnung. Und es begann ein neues Leben für mich, ein Leben, in dem es keinen Nini mehr gab, denn er war tot, und ich durfte nicht an ihn denken, weil es nichts nützte, und in dem es statt dessen das Kind gab, Giulio, die Wohnung mit den neuen Möbeln, den Vorhängen und den Lampen, das Dienstmädchen, das meine Schwiegermutter aufgestöbert hatte, und meine Schwiegermutter, die ab und zu vorbeikam. Um das Kind kümmerte sich das Dienstmädchen, und ich schlief bis zum späten Vormittag, in dem großen Ehebett mit der orangefarbenen Samtdecke und dem kleinen Teppich auf dem Boden, um die Füße darauf zu stellen, und der Glocke, um das Dienstmädchen zu rufen. Ich stand auf und wanderte im Morgenrock durch die Wohnung und bewunderte die Möbel und die Zimmer, während ich mir ganz sacht die Haare bürstete und meinen Kaffee trank. Ich dachte zurück an das Haus meiner Mutter, mit der Hühnerkacke überall, mit den Feuchtigkeitsflecken an den Wänden und den an die Lampe gebundenen Fliegenfängern im Eßzimmer. Gab es dieses Haus noch? Azalea sagte, wir müßten eines Tages zusammen hingehen, aber ich hatte keine Lust dazu, weil ich mich schämte bei dem Gedanken, daß ich früher auch dort gelebt hatte, und außerdem hätte es mich geschmerzt,

Giovannis Zimmer wiederzusehen, wo auch der Nini geschlafen hatte, damals, als wir noch alle zusammenwohnten. Wenn ich in die Stadt ging, hielt ich mich vom Fluß fern und suchte die belebtesten Straßen, damit die Leute mich sehen könnten, so wie ich jetzt war, mit den neuen Kleidern und dem geschminkten Mund. Ich fühlte mich jetzt so schön, daß ich es nie müde wurde, in den Spiegel zu schauen, und es schien mir, keine Frau sei je so schön gewesen.

Wenn meine Schwiegermutter kam, schloß sie sich mit dem Dienstmädchen in der Küche ein und fragte es über mich aus, und ich legte mein Ohr an die Tür und lauschte. Das Dienstmädchen sagte, ich hätte mein Kind nicht lieb und ginge nie zu ihm, um es aufzunehmen, wenn es weinte, und ich erkundigte mich nicht einmal, ob es gegessen habe, und sie müsse alles selber machen, das Kind versorgen und kochen und waschen, weil ich immer unterwegs sei oder mich im Spiegel anschaute oder schliefe und nicht einmal einen Löffel voll Brühe kochen könne. Meine Schwiegermutter beklagte sich bei Giulio, doch er sagte, das sei nicht wahr, ich vergöttere das Kind, und er sehe es dauernd bei mir auf dem Arm, und wenn ich manchmal einen Stadtbummel mache, so sei das nichts Schlechtes, denn ich sei jung und müsse mich zerstreuen, er selbst ermuntere mich auszugehen. Giulio war jetzt so verliebt in mich, daß ihm weder an seiner Mutter noch an sonst irgendwem noch etwas lag, und seine Mutter sagte immer zu ihm, er sei verblödet und sehe die Wahrheit nicht mehr, und wenn ich ihm eines Tages Hörner aufsetzte, würde er bekommen, was er verdiente. Zu mir dagegen sagte sie nichts, weil ich ihr angst machte, sondern sie sprach immer lächelnd mit mir und lud mich ein, sie zu besuchen, und traute sich auch nicht mehr, meine Schubladen zu öffnen, nachdem ich ihr gesagt hatte, sie solle sich um ihre eigenen Angelegenheiten kümmern.

›Wenn das Kind größer ist‹, dachte ich, ›wird es mehr Spaß machen mit ihm, wenn es erst auf dem Dreirad durch die Wohnung saust und ich ihm Spielsachen und Bonbons kaufen muß.‹ Aber jetzt war es immer gleich, jedesmal wenn ich es betrachtete, wie es mit seinem großen Kopf auf dem Kissen in der Wiege lag, und nach einer Weile wurde ich wütend und ging fort. Ich konnte es kaum glauben, wenn ich aus dem Haus trat und die Stadt vor mir sah, ohne lange auf der staubigen Straße voller Karren gegangen zu sein, ohne zerzaust und müde anzukommen, voller Kummer, sie gleich nach Anbruch der Dunkelheit wieder verlassen zu müssen, wenn sie am interessantesten wurde. Ich traf mich mit Azalea, und wir setzten uns ins Café. Nach und nach begann ich, so zu leben wie Azalea. Ich verbrachte die Tage im Bett und stand gegen Abend auf, schminkte mich und ging aus, den Fuchs über die Schulter geworfen. Im Gehen blickte ich mich um und lächelte frech, wie Azalea es immer machte.

Einmal, während ich nach Hause zurückkehrte, begegnete ich Antonietta und Giovanni. Sie gingen eng umschlungen und mit eingezogenem Kopf, weil es regnete und sie keinen Schirm hatten. »Guten Tag«, sagte ich. Wir gingen zusammen ins Café. Ich erwartete, daß sich Antonietta jeden Augenblick auf mich stürzen und mich mit ihren glänzenden, spitzen Fingernägeln kratzen würde, an denen sie tagelang herumfeilen mußte, obwohl es die Mühe nicht lohnte, häßlich und alt, wie sie geworden war. Aber sie sah nicht aus, als wollte sie mich kratzen, es schien fast, als fürchte sie sich vor dem, was ich über sie sagen würde, und sie verbarg ihre Füße unter dem Sessel, wenn sie merkte, daß ich sie betrachtete. Sie sagte, sie habe mein Kind im Kinderwagen gesehen, während es draußen im Park war, und sie wäre gern hingegangen, um ihm ein Küßchen zu geben, habe sich aber nicht getraut wegen des Dienstmädchens.

»Du Glückliche, du hast ein Dienstmädchen«, sagte sie zu mir, »ich muß alles allein machen. Aber es gibt nicht viel zu tun, weil keine Männer im Haus sind, ich lebe ja allein mit den Kindern.«

Nachdem sie das gesagt hatte, errötete sie, bekam Flecken am Hals, und wir verstummten und sahen uns an, mit dem gleichen Gedanken im Kopf. Aber dann fing sie wieder an, mich nach meinem Kind und meinem Mann zu fragen und ob ich tanzen ginge und ein lustiges Leben führte.

»Nach Hause kommst du nicht«, sagte Giovanni zu mir. Und er sagte, zu Hause sei es immer dasselbe, und glücklich der, der abgehauen sei. Er bat mich, ihm Geld zu leihen, denn er arbeite zwar, das sei wahr, aber zu Hause nähmen sie ihm dann alles weg, und seine Taschen seien immer leer.

Sie begleiteten mich bis zur Haustür, und dort verabschiedeten sie sich, und während ich mich in meinem Zimmer auszog, dachte ich an Giovanni, der vielleicht gerade die Brücke überquerte und auf der dunklen Straße nach Hause ging, denn bei Antonietta wollte er nicht wohnen, sonst mußte er sie womöglich noch heiraten. Über den Nini hatten wir nicht gesprochen in der ganzen Zeit, die wir zusammen im Café gewesen waren, als hätten wir vergessen, daß es ihm früher auch einmal gefiel, im Café zu sitzen, zu rauchen und zu reden, quer über dem Stuhl hängend, mit den Fingern im Haarschopf und hochgerecktem Kinn. Doch es wurde immer schwieriger, an ihn zu denken, an das Gesicht, das er hatte, und an die Dinge, die er immer sagte, und er schien mir schon so fern, daß es angst machte, daran zu denken, denn die Toten machen angst.

© Archiv Verlag Klaus Wagenbach

NATALIA GINZBURG,
1916 in Palermo geboren,
verbrachte ihre Kindheit und
Jugend in Turin und lebte
danach in Rom, wo sie
1991 starb.

Natalia Ginzburg

Familienlexikon

Das (mit dem ›Premio Strega‹ ausgezeichnete) Hauptwerk der bedeutendsten italienischen Nachkriegsautorin: Eine denkwürdige Familie voller couragierter Exzentriker und heiterer Giftspritzen.

»Das *Familienlexikon* gehört zu den Meisterwerken der italienischen Nachkriegsliteratur.« Karin Fleischanderl, NZZ

Aus dem Italienischen, mit Erläuterungen und einem Nachwort von Alice Vollenweider.
Quart*buch.* Gebunden. 190 Seiten

Die kleinen Tugenden

Erstmals vollständig auf Deutsch: Erzählungen und Prosastücke, Betrachtungen und autobiographische Skizzen. Natalia Ginzburg erzählt mit spröder und kühler Naivität, ohne je die Stimme zu heben und verliert lieber ein Wort zu wenig als eines zu viel.

Mit drei unveröffentlichten Texten
Aus dem Italienischen von Maja Pflug, Alice Vollenweider u.a.
Quart*buch.* Leinen. 144 Seiten
Erscheint im August 2001

Die Stadt und das Haus

Roman

In ihrem letzten großen Roman, *Die Stadt und das Haus,* ruft Natalia Ginzburg noch einmal die Figuren herbei, die wir schon in den früheren Romanen kennengelernt haben: Auf dem Höhepunkt ihres literarischen Könnens gelingt ihr nicht nur ein breites Panorama der Zeit, sondern auch von Schicksalen, die sich in unser Gedächtnis einnisten.

Aus dem Italienischen von Maja Pflug
Quartbuch. Leinen. 272 Seiten

Nie sollst du mich befragen

Wir wollen nicht fragen, fragen aber doch. Und erkennen unter Tränen und Gelächter auf dem Umweg über die (vertraute) familiäre Binnenwelt die (bizarre) Außenwelt.

»Kaum jemand kann wie Natalia Ginzburg aus kleinen, alltäglichen Szenen den Blick auf die Wurzeln des Menschen lenken.« Hamburger Abendblatt

Aus dem Italienischen von Maja Pflug
SVLTO. Rotes Leinen. 112 Seiten

Schütze

Die Pläne beim Älterwerden und wie sie scheitern, oder: Die Mutter als Quälgeist. Wie schon in *So ist es gewesen* wird die Geschichte einer Frau erzählt, die das Leben so, wie es für sie bestimmt scheint, nicht mehr mitmachen will.

»Ein nachgerade unverzagtes Buch, das die spielerischen Möglichkeiten der Literatur einbezieht.«

Ute Stempel, Frankfurter Allgemeine Zeitung

Aus dem Italienischen von Maja Pflug

SVLTO. Rotes Leinen. 112 Seiten

Das imaginäre Leben

Unveröffentlichte Texte über die Tapferkeit vor der Freundin oder dem Freund: Warum wir nicht so leben, wie wir träumen, und warum wir trotzdem träumen müssen.

»Kostbarkeiten aus dem Nachlaß. Natalia Ginzburg schreibt mit einer Einfachheit, der nichts zu kompliziert ist.«

Georg Hensel, Frankfurter Allgemeine Zeitung

Aus dem Italienischen von Maja Pflug

SVLTO. Rotes Leinen. 128 Seiten

Anton Čechov

Ein Leben

Anton Čechov, der große russische Menschenschilderer, beschrieben von seiner italienischen Kollegin Natalia Ginzburg: Das Portrait eines kurzen, bescheidenen Lebens und eines sehr folgenreichen »Schreibens ohne Kommentar«.

»Vielleicht hätte Čechov, wäre er auf den Gedanken gekommen, sein Leben zum Sujet einer Erzählung zu machen, es ähnlich dargestellt wie Natalia Ginzburg in dieser warmherzigen Lebensbeschreibung.«

Frankfurter Allgemeine Zeiltung

Aus dem Italienischen von Maja Pflug

SVLTO. Rotes Leinen. 96 Seiten mit vielen Photos

Valentino

Ein Roman und fünf Erzählungen

Der Roman *Valentino* und die fünf Erzählungen sind meisterhafte Beispiele für Natalia Ginzburgs charakteristischen Stil und ihre großen Themen: wie langweilig ist das klassische Rollenverhältnis – und wie spannend.

Aus dem Italienischen von Maja Pflug

WAT 286. 128 Seiten

Ein Mann und eine Frau

Zwei Erzählungen

Zwei Geschichten von Frauen und Männern, die in einer Welt von Beziehungen leben, in der das Unterste zuoberst gekehrt wurde.

Aus dem Italienischen von Arianna Giachi, neu durchgesehen von Maja Pflug

WAT 369. 128 Seiten

Die Familie Manzoni

In ihrem Dokumentarroman über Alessandro Manzoni, den Autor von *Die Verlobten (Das Brautpaar)* und seine weitverzweigte Familie, geht Natalia Ginzburg dem Geflecht von Familienbeziehungen nach, wobei sie je ein Kapitel einer Person widmet.

Aus dem Italienischen von Maja Pflug

WAT 413. 464 Seiten mit 20 Bildtafeln

Erscheint im August 2001

»Es fällt schwer, von sich selbst zu sprechen, aber es ist schön.«

Natalia Ginzburgs Leben in Selbstzeugnissen

Über die *Schriftstellerin* Natalia Ginzburg, die zu den bedeutendsten ihrer Generation gehörte: als Frau, die über das Leben der Frauen und über ihre Beziehungen schrieb.

Über die *Intellektuelle* Natalia Ginzburg, die zu einer moralischen Instanz wurde, nicht nur als jemand, der auf den Zeitungsseiten politische Fragen öffentlich diskutierte, sondern auch als unabhängige Abgeordnete die parlamentarische Arbeit beeinflußte.

Zusammengestellt und aus dem Italienischen von Maja Pflug

WAT 414. Deutsche Erstausgabe. 128 Seiten

Erscheint im August 2001

Natalia Ginzburg zum Hören:

Die kaputten Schuhe

Gelesen von Elke Heidenreich

»Wenn ich ein Buch von Natalia Ginzburg in die Hand nehme, irgendeines, schlagen sofort die Sätze über Herz und Kopf zusammen, ich versinke und kann für Stunden nicht mehr auftauchen.« Elke Heidenreich

Inhalt: Die kaputten Schuhe, Mein Beruf, Schweigen, Das Alter, Nie sollst du mich befragen, Die Frauen.

Wagenbachs LeseOhr. (MC und CD). Laufzeit 73 Minuten

friends, lovers, husbands:

Andrea Camilleri
Die Mühlen des Herrn
Roman

Der neuste, in Italien enthusiastisch aufgenommene Roman von Andrea Camilleri: In seinem mittlerweile berühmt-berüchtigten Sizilien wird, um die Staatskasse zu betrügen, sogar über Nacht eine ganze Mühle abgebaut.
Ein eifriger Inspekteur, eine schöne Witwe, ein sündiger Pfarrer und natürlich ein gerissener Mafioso: jeder will etwas anderes, keiner entkommt den Mühlen des Herrn.
Aus dem Italienischen von Moshe Kahn
Gebunden. 224 Seiten

Michèle Desbordes
Die Bitte

Die Geschichte einer merkwürdigen Beziehung zwischen einer einfachen Frau und einem berühmten Mann, am Ende ihres Lebens, am Ufer der Loire. Eine von der Kritik als Meisterwerk gelobte Neuentdeckung in der französischen Literatur.
»Ein kluges, sehr stilles, sehr feines Buch.«
Elke Heidenreich, Westdeutscher Rundfunk
Aus dem Französischen von Barbara Herber-Schärer
Gebunden. 128 Seiten

Javier Marías
Während die Frauen schlafen
Erzählungen

Erzählungen von einem der bedeutendsten und international erfolgreichsten Autoren der letzten dreißig Jahre. Geisterhafte Geschichten um schlafende Frauen, Doppelgänger und seltsame Nachrichten aus dem Jenseits.
»Wer Marías' Erzählkunst auf die Spur kommen will,
der liest diese Geschichten mit Gewinn.«
Johannes Balle, Berliner Zeitung
Aus dem Spanischen von Renata Zuniga
Gebunden. 160 Seiten

Luigi Malerba
Das griechische Feuer
Roman

Ein historischer Kriminalroman über eine schöne, nymphomane Kaiserin, ihre Bürokraten, Kaiser und Liebhaber und eine Geheimwaffe, die über das Wasser laufen kann.

Aus dem Italienischen von Iris Schnebel-Kaschnitz
Gebunden. 220 Seiten

Manuel Vázquez Montalbán
Das Quartett
Roman

Zwei Frauen und drei Männer. Wie soll das gutgehen? Wer ist zu viel? Wem gehört wer? Wer belügt wen? Ein literarisches Virtuosenstück über Paarbeziehungen.

»Vázquez Montalbán gelingt ein faszinierendes Spiel, in dem die Elemente des Kriminalromans zu einem schillernden Ganzen neu zusammengewürfelt werden.«
Stefanie Gerhold, Berliner Morgenpost

Aus dem Spanischen von Theres Moser
Gebunden. 112 Seiten

Boris Vian
Der Herzausreißer
Roman

Ein surrealer Roman voll Unzucht, Psychoanalyse und Geistererscheinungen: Jacquemort kommt ans Meer, hilft bei einer Geburt von Drillingen, erfreut sich an den Raufereien des Pfarrers mit der Dorfbevölkerung, bedient ein Kindermädchen und muß sich mit einer besonders ausgefallenen Form der Mutterliebe auseinandersetzen. Nur Psychiater darf er nicht spielen.

Deutsch von Wolfgang Sebastian Baur
Gebunden. 216 Seiten

Wenn Sie mehr über den Verlag und seine Bücher wissen möchten, schreiben Sie uns eine Postkarte. Wir schicken Ihnen gern die ZWIEBEL, unseren Westentaschenalmanach mit Lesetexten aus den Büchern, Photos und Nachrichten aus dem Verlagskontor. *Kostenlos,* auf Lebenszeit!

Verlag Klaus Wagenbach, Emser Straße 40/41, 10719 Berlin

Wagenbachs Sommerbuch 2001

Die Originalausgabe erschien 1942 unter dem Pseudonym
Alessandra Tornimparte und unter dem Titel
La strada che va in città bei Giulio Einaudi editore, Turin

© 1942 Giulio Einaudi editore s. p. a., Torino
© 2001 für diese Ausgabe:
Verlag Klaus Wagenbach, Emser Straße 40/41, 10719 Berlin
Einbandgestaltung Groothuis & Consorten
unter Verwendung einer Illustration von
Rotraut Susanne Berner
Gesetzt aus der Korpus Life (Berthold) durch die
Offizin Götz Gorissen, Berlin
Gedruckt auf chlor- und säurefreiem Papier und gebunden
von Clausen & Bosse, Leck
Bucheinbandstoffe von Gebr. Schabert, Strullendorf
Printed in Germany. Alle Rechte vorbehalten
ISBN 3 8031 3061 1